평화로운 영혼

지혜와 자비 그리고 가르침

평화로운 영혼

마하 고사난다 지음
박용길 옮김

무한

고사난다 스님을 처음 뵌 지 어언 20여 년의 세월이 흘렀다. 그 동안 스님은 내게 따스한 자비와 진정한 용기가 무엇인지 남김없이 보여주었다. 그 존재를 느끼는 것만으로도 나는 언제나 충만했다. 사랑과 연민의 정이 가득한 스님의 미소에 내 영혼의 상처는 말끔히 치유되었다.

스님만큼 여러 얼굴을 가진 사람도 드물 것이다. 그는 원래 캄보디아 밀림 속의 고독한 수행자이다. 동시에 그곳 어린이들이 바라는 이상적인 아버지 상(像)이다. 열다섯 가지의 언어를 해독하는 유능한 학자이며 서구인들이 존경하는 세계적인 선승이기도 하다. 유엔에서는 평화운동가로 활동하고 있으며 세계 각지의 캄보디아 난민 사회에서는 살아 있

는 보물로 추앙받는다. 언제 어디서든 그 가슴은 자비와 환
희가 넘쳐 흐른다.

　사랑으로 빛나는 가르침은 누구나 알아들을 수 있을 만큼
쉽고 자상하다. 그리고 누구든 필요로 하는 사람 앞에서라면
입고 있던 가사와 밥이 담긴 발우마저 주저 없이 건네준다.

몇 해 전, 크메르 루즈 공산 정권 하의 한 난민촌에서 있었던 일이다. 전쟁의 참화에서 살아남은 수천의 캄보디아인들이 겨우겨우 목숨을 이어가고 있었다. 주변은 타는 듯한 햇빛 하나 가릴 것 없는 매캐한 먼지투성이의 불모지였다. 고사난다 스님의 모습은 그곳에서도 여여했다. 마치 살아 있는 부처님을 뵙는 듯 존경스럽고 눈부셨다.

당시 크메르 루즈 당국은, 누구든 그에게 협력하는 사람은 사형에 처할 것이라고 공공연히 위협하곤 했다. 하지만 스님은 이에 굽히지 않고 여봐란 듯 그곳에 법당을 열었다. 하늘 아래 둘도 없는 고난에 처한 동포들에게 부처님의 법음을 전하기 위해서였다.

우여곡절 끝에 법당이 낙성되던 날, 2만에 가까운 사람들이 순식간에 모여들었다. 그리고 고향 마을과 이웃 사원을 잿더미로 만든 전장의 기억을 잠시 잊은 채 부처님의 말씀을 목놓아 읊조리고 또 읊조렸다. 급기야 부처님을 찬탄하는 스님의 낯익은 염불소리가 울려 퍼지자, 법회장은 온통 참석자들의 흐느낌으로 울음바다를 이루었다.

그리고 설법이 시작되었다. 스님은 부처님의 거룩한 말씀을 빌어 동포들의 말 못 할 슬픔을 따스하게 어루만져 주었다. 고통에 시달리고 있는 사람들에게 그의 자상한 설법은 더 없는 청량제였다. 스님은 특히 「법구경」에 나오는 다음의 교훈을 거듭 강조했다.

　미움은 결코 미움에 의해 그치지 않으니
　사랑으로써만 치유될 뿐이다.
　이야말로 고금의 영원한 진리인 것을.

　스님의 일생을 관통하는 것은 바로 이와 같은 불멸의 가치에 대한 추구이다. 설령 스님이 지금 당장 이 책 밖으로 걸어나온다해도 가만히 미소 짓거나 파안대소하는 것이 전부일 것이다. 하지만 그럴 수는 없는지라, 우리는 고작 이 책의 행간에서 그 자비행의 원천인 천진무구의 경지를 대략 짐작이나 해볼 뿐이다.

　모든 이에게 축복이 있기를.

캘리포니아의 스피릿 락 센터에서

잭 콘필드 삼가 씀.

서 문

1975년 4월 17일 아침, 모든 캄보디아인들이 거리로 쏟아져 나왔다. 그리고 승리의 기쁨에 젖어 개선하는 공산 크메르 루즈 군을 향해 꽃과 쌀의 축하세례를 퍼부으며 소리높이 환호하였다.

하지만 겨우 하루만인 이튿날 아침, 개선군은 짐승 몰듯 사람들을 집에서 끌어내 낯모를 시골로 행진해갔다. 사람들은 저마다 테러의 공포에 잔뜩 질린 표정이었다. 그 순간, 나는 내 조국의 앞날에 드리워진 어두운 그림자에 크게 전율하지 않을 수 없었다.

이어진 세월은 고통의 연속이었다. 그 동안 우리는 이전부터 존중해오던 모든 가치의 소멸과 사회제도의 붕괴를 그냥

바라보고만 있지 않으면 안 되었다. 집단수용과 강제노동, 그리고 무자비한 탄압정치가 삶의 모든 것을 앗아가 버렸다.

자유도 없었다. 사유재산도 인정되지 않았다. 가족도 뿔뿔이 흩어졌다. 유구한 전통의 불교 역시 망각의 세월을 견디지 않으면 안 되었다.

킬링필드야말로 이 모든 고난의 대명사일 것이다. 그것은 당시 우리 자신이 압제자의 비위를 맞추기 위해 얼마나 야만

9

스러웠는지를 보여주는 몸서리치는 증거이다. 그 암흑의 시절, 우리는 유사 이래 인간이 보여준 미증유의 야수성과 유치한 공포정치의 실상을 낱낱이 목격할 수 있었다.

놀라운 것은, 이와 같은 혼란에도 불구하고 더없이 자비롭고 온화한 성품의 한 위대한 정신적 지도자가 늘 우리와 함께했다는 사실이다. 바로 마하 고사난다 스님이다.

힘들여 이룩한 혁명이 한창 분열로 치달을 무렵, 스님은 마침내 사람들 사이에 화합의 다리를 놓을 때가 왔음을 꿰뚫어 보았다. 폭력이 난무할수록 평화를 그리는 마음도 그만큼 깊어지기 때문이다. 스님은 이것을 '상대성의 원리'라고 부른다.

캄보디아인들은 마하 고사난다 스님에게서 미래의 꿈을 본다. 스님은 조국 캄보디아를 비롯한 세계 모든 문화의 끊임없는 번영과 찬양을 위해 자신의 생애를 헌신해 왔다. 그 자신 내전 기간 동안 모든 가족을 잃는 슬픔에도 전혀 동요하지 않았다. 스님은 캄보디아 불교의 명실상부한 상징이다. 그에게서는 캄보디아인들이 명예롭게 여기는 자비와 인내와 온유와 평화가 언제나 흘러넘친다.

스님은 조국 캄보디아가 모든 상처를 딛고 일어서리라고 굳게 믿었다. 이러한 태도는 정신 및 문화적으로 새롭게 태어나 영구적인 평화를 실현하려는 캄보디아인들의 노력에 커다란 격려가 되었다. 스님의 청정한 몸가짐과 평화에 관한 가르침을 접할 때마다, 국가의 명운을 놓고 서로 다투고 있던 네 정파들은 이해관계 너머 진정한 화해란 무엇인지 깊이 고민하지 않을 수 없었다.

스님은 늘 개개인의 평안으로부터 국가의 평화가 시작된다는 것을 주변 사람들에게 일깨워 주고는 하였다.

당시 크메르 루즈 당국은 일체의 종교행위를 중요 범죄로 간주하였다. 그들은 어떤 폭력과 억압으로도 불교를 말살할 수 없다는 사실을 간과하였다. 캄보디아인들의 불교에 대한 애정은 그만큼 뿌리가 깊다.

조국의 하늘 위에 먹구름이 드리워진 이래, 스님은 캄보디아 불교의 재건을 위해 밤낮없이 노력을 기울였다. 비구와 비구니를 양성하고 세계 각지에 캄보디아 사찰을 건립하였다.

호시탐탐 노리는 크메르 루즈 당국의 방해공작 속에서도 스님의 정신적인 불씨는 늘 주위에 환한 빛을 발하였다.

1975년 가을, 점령 이후 6개월쯤 되는 어느 날의 일이었다. 기나긴 굶주림 끝에 나는 한 움큼의 쌀을 훔치려고 집단 농장의 벼논으로 몰래 기어들었다.

하지만 곧 보초병에게 발각되었고, 당국의 처벌을 기다리는 가련한 신세가 되었다.

성마른 젊은 병사는 끝이 날카로운 농기구로 내 몸을 연달아 내리쳤다. 그리고 밤새 도망치지 못하도록 나무에 나를 묶어놓았다. 등 뒤로 팔이 단단히 결박당한 채, 나는 줄기차게 내리는 빗줄기 속에서 밤을 꼬박 새웠다. 진흙탕 위로 빗물과 함께 벌건 핏물이 흥건히 흘러내렸다.

가물가물한 의식 속에서도 날이 밝는 대로 처형될 것이라는 극도의 두려움을 떨쳐버릴 수는 없었다.

자신을 향해 나는 기도하고 또 기도했다.

어떻게든 살아남아 아내와 아이들을 만날 수 있기를 간절히 바랐다. 그리고 이틀이 지났다. 크메르 루즈 당국은 웬일인지 나를 슬그머니 풀어주었다. 무한한 외경심과 함께 뜨거운 감동이 벅차올랐다. 나는 즉시 머리털을 모두 밀었다. 감사를 표하는 불교식 전통 가운데 하나였다. 그 행위가 크메르 루즈 당국의 처벌 조항에 속한다는 사실은 까맣게 잊고 있었다.

천우신조인지, 편두통 때문에 머리를 빡빡 밀었다는 내 설명에 저들은 아무런 시비도 걸지 않았다.

그 시절, 불교는 우리를 지탱해주는 든든한 버팀목이었다. 하나 둘 촛불을 밝혀 부처님께 공양하고 말없이 기도했다.

부디 모든 망자의 영혼이 평안하기를, 생활 속의 작은 축복에 모두 감사하기를, 새 날이 밝아올 때까지 견딜 수 있도록 해주시기를.

하지만 크메르 루즈 퇴각 이후, 우리의 신념을 재건하는 일은 더 심각한 도전에 직면하였다. 조국 땅은 온통 폐허였다.

도처에 굶주림뿐이고 가족은 흩어져 생사를 몰랐다. 사랑하는 사람은 간 곳이 없고 마을과 집은 흔적조차 남지 않았다. 몸과 마음은 지치고 병들었으며 실의와 패배감에서 헤어나지를 못했다. 마하 고사난다 스님은 그 때 마침 우리 앞에 나타났다.

스님의 발길은 캄보디아 국내는 물론, 태국의 캄보디아 난민촌을 비롯한 세계 각지의 캄보디아인 사회 어디에도 미치지 않는 곳이 없다. 스님은 가는 곳마다, 불교는 우리들 사이에 살아 있으며 머지않아 그 유구한 전통과 무한한 공덕을 향유할 수 있을 것이라고 일깨워 주었다. 나라와 민족의 평안을 위한 스님의 추구는 실로 영웅의 행로 바로 그것이었다.

스님의 모습은 언제나 맑고 깨끗하다. 그리고 신중한 발걸음을 쉼 없이 앞으로 옮기는 것으로서 몸소 실천의 모범을 보여준다.

수십 년의 내전 끝에, 서로 으르렁거리던 캄보디아의 각 정파 사이에도 어느덧 화해 분위기가 감돌고 있다. 길고 어두운 고난의 세월을 치유할 기회가 마침내 찾아온 것이다.

캄보디아는 이제 주권국가로서의 권리를 회복할 것이다. 국민의 기본 인권도 보장될 것이다. 자주자립의 기반도 완비될 것이다. 그리고 권력자들 간의 이해관계에 따라 흔들리지 않는 온전한 자유도 실현될 것이다.

마하 고사난다 스님의 가르침은 장황하지도 복잡하지도 않다. 반면에 그 의미는 깊고도 드넓다. 거기에는 우리가 가야 할 길이 있다. 그 핵심은 고난이 클수록 그 안에 담긴 지혜와 자비와 평화의 씨앗 또한 알차다는 것이다. 그 가르침을

통해 무한한 희망과 평안을 느끼는 것은 캄보디아인들만은 아닐 것이다. 부디 온 세상 모두가 그러하기를……

미국 뉴욕의 브룩클린에서
티뜨 프란 삼가 씀.

차 례

지혜에 대한 명상

자비에 대한 명상

지혜에 대한
명상

평화를 위한 기도

　　형제 자매 여러분, 제 이름은 마하 고사난다입니다. 캄보디아에서 온 불교 사문입니다.

　　캄보디아 민족이 지금 엄청난 고통에 직면해 있다는 것은 잘 알고 계실 겁니다. 저는 늘 기도합니다. 수백만 명의 캄보디아인들도 마찬가지입니다. 우리 모두 부처님 말씀 속에서 자비와 용기를 회복할 수 있기를 간절히 기원합시다.

　　헐뜯고 앙갚음 하려는 사람에게
　　증오의 마음은 그치지 않는다.
　　헐뜯고 앙갚음 하려 하지 않는 사람에게
　　증오의 마음은 그친다.

증오는 결코 증오에 의해
풀리지 않기 때문이다.
증오는 사랑으로만 풀린다.
이것은 영원한 진리이다.

목숨도 아랑곳 하지 않고
어미가 오직 자식만을 돌보듯
모든 존재를 향해 가없는 마음을 열라.
온 세상에
사랑의 마음을 전하라.
위로 아래로 그리고 저 너머로
거리낌과 증오와 원한은 모두 떨쳐버려라.
깨어 있는 사람이라면
부디 이처럼 마음을 다잡지 않으면 안 된다.
이야말로 금생에서
바로 누릴 수 있는 축복인 것을.

캄보디아의 고통은 깊고도 깊습니다. 이같은 고통에서만
위대한 자비는 꽃피어 납니다. 위대한 자비는 평화로운 마음을 낳습니다. 평화로운 마음은 평화로운 사람을 낳습니다. 평화로운 사람은 평화로운 가족을 낳습니다. 평화로운 가족은 평화로운 사회를 낳습니다. 평화로운 사회는 평화로운 나라를 낳습니다. 평화로운 나라는 평화로운 세계를 낳습니다. 온 세상 모두 부디 행복하고 평안하기를.

　아멘.

무엇이 세상을 지배하는가

태초의 일입니다. 모든 신들이 한 자리에 모여 온 우주를 다스릴 적임자를 선출하기로 하였습니다. 맨 먼저, 아그니데바 푸트라가 자원하고 나섰습니다. 불의 신입니다.

"내가 제일 강할걸?"

그는 말했습니다.

"그러니, 우주를 다스리는 것은 당연히 내 몫이야. 한 번 보여줄까?"

그는 곧 큰 소리로 주문을 외우기 시작했습니다. 순간, 우주 한 가운데에서 거대한 불길이 일어나 사방으로 번져나가기 시작했습니다. 그 앞에서 두려움에 떨지 않는 신들이 없었습니다. 그들은 곧 손을 높이 들어 아그니데바 푸트라를 우주

의 지배자로 선출하려고 했습니다. 하지만 유일한 반대자가 있었습니다. 물의 신인 왈라하께데 푸트라였습니다.

그가 말했습니다.

"내 앞에서는 안 되지."

그는 즉시 엄청난 홍수를 일으켜 불길을 단숨에 잡아버렸습니다. 물결이 점점 더 들끓어 오르자 신들은 서둘러 물의 신을 우주의 지배자로 선출하려 했습니다. 하지만 다시 유일한 반대자가 있었습니다. 예술과 지혜의 여신 차라다 데비였습니다.

그녀가 말했습니다.

"물과 불로 사람들을 겁주거나 죽일 수는 있겠지만 나처럼 아름다움을 창조하지는 못하지. 내가 춤추기 시작하는 순간, 그대들은 곧장 물과 불 따위는 까맣게 잊어버리고 말걸?"

그녀는 곧 춤추며 노래하기 시작했습니다. 신들은 온통 넋이 나갔습니다. 몸이 달아올라 물컵을 찾다가 그만 술잔을 들고 말았습니다. 그리고 입 대신 코와 눈과 귀에 그것을 쏟아붓고 말았습니다. 사라다 데비의 가공할 능력에 취해, 신들은 그녀를 우주의 지배자로 선출하려 하였습니다. 하지만 다시 유일한 반대자가 있었습니다. 천상의 음악을 관장하는 건달바 신이었습니다.

그는 말했습니다.

"여자는 남자를 이기고 남자는 또한 여자를 이기지."

그는 곧 천상의 악기를 켜며 노래를 부르기 시작했습니다. 홀 안에 넘치는 음악 소리에 모든 신들이 실신할 정도였습니다. 귀신에라도 홀린 듯, 신들은 모두 그에게 손을 들어주었습니다. 하지만 다시 유일한 반대자가 있었습니다. 평화와 사유와 성찰의 신인 산티데바 푸트라였습니다.

그는 말했습니다.

"나는 평화의 신입니다. 늘 깊은 사유와 성찰 속에서 살아가지요. 여러분이 나를 우주의 지배자로 선출하든 안하든, 내게는 아무 상관도 없습니다. 언제나 나는 자신을 다스리고 있으니까요. 우주를 지배하기에 앞서 우리 모두 자신을 먼저 다스릴 줄 알아야 합니다. 자신을 다스리기에 앞서 우리 모두 자신의 마음을 먼저 다스릴 줄 알아야 합니다. 자신의 마음을 다스리기에 앞서 우리 모두 사유와 성찰을 먼저 실천하지 않으면 안 됩니다."

산티데바 푸트라의 숨겨진 능력을 알아본 신들은 곧 그를 우주의 지배자로 선출했습니다. 아무도 반대하지 않았음은 물론입니다. 그들 모두 평화야말로 세상에서 가장 강력한 힘이라는 것을 새삼 깨달았던 것입니다.

유일한 가르침

매일매일 열심히 수행하는 젊은 승려가 있었습니다. 하지만 아무리 노력해도 경전과 계율만은 쉽게 이해되지 않았습니다. 낙심 끝에 밥도 먹지 못하고 잠도 잘 수 없었습니다. 그의 몰골은 하루하루 비참해져 갔습니다.

마침내 그는 부처님께 찾아갔습니다.

"스승님, 저는 그만 승복을 벗고 싶습니다. 여러 가지 가르침 가운데 제가 제대로 알 수 있는 것은 하나도 없습니다. 원래 출가해서는 안 될 몸이었던 것 같습니다."

부처님이 말씀하셨습니다.

"걱정하지 말게. 다른 것은 그만 두고, 하나만 열심히 해보게."

"그것이 무엇입니까?"

젊은 승려가 간청했습니다.

"부처님의 말씀이라면 목숨을 다해 따르겠습니다. 그리고 반드시 성공해 보여드리겠습니다."

부처님이 말씀하셨습니다.

"마음의 주인이 되어 보게. 그렇게만

된다면 모든 것에 통달할 것일세."

마음의 주인이 되는 순간, 우리는 모든 고통으로부터 자유로워집니다. 여기에는 다른 어떤 가르침도 소용이 없습니다.

현재는 미래의 어머니

　　꽃병 가득 꽂혀 있는 꽃을 보고 아름답다고 생각하지 않는 사람은 없을 겁니다. 하지만 어떤 꽃도 자신의 아름다움을 알아달라고 팔을 붙들지는 않습니다. 향기를 뿜내는 일도 없습니다.

　　열반을 얻은 사람도 이와 마찬가지입니다. 그들은 이에 대해 아무것도 말할 필요를 느끼지 않습니다. 가만히 있기만 해도 그의 향기와 미덕은 주변에 널리 퍼집니다.

　　과거를 두고 고민하는 것은 전혀 불필요한 일입니다. 행복의 비밀은 눈앞의 현실에 온통 최선을 다하는 것입니다. 그리고 그 순간을 충만하게 사는 것입니다. 과거로 돌아가거나 사건을 되돌릴 수는 없습니다. 이미 지난 일이기 때문입니

다. 미래 또한 마음대로 좌지우지할 수 없는 일입니다. 그러니, 도대체 무엇을 걱정할 필요가 있겠습니까?

혹시 비행기를 탄다 해도, 장차 어떤 일이 일어날지 누가 알겠습니까? 목적지에 무사히 도착하든지 그렇지 못하든지 둘 중에 하나겠지요. 아무리 계획을 철저하게 세워도 그것이 이루어지는 공간은 바로 현재입니다. 우리의 힘이 미치는 곳은 그 때뿐입니다. 그 순간을 우리는 사랑하고 또 잘 활용해야 합니다. 현재를 소중하게 여기십시오. 그러면, 지난 고통에 다시는 상처 입지 않을 것입니다.

현재에 충실하십시오. 훌륭한 미래가 보장될 것입니다. 불법의 진리는 항상 눈앞에 있습니다. 현재는 미래의 어머니입니다. 부디 어머니를 잘 보살피십시오. 그러면, 아이들은 그 어머니의 품에서 마냥 행복을 누릴 것입니다.

지혜와 자비의 조화

지혜는 반드시 자비와 조화를 이루지 않으면 안 됩니다. 자비 역시 지혜와 조화를 이루어야 함은 물론입니다. 조화가 깨지면 평화를 유지할 수 없습니다.

세 가지 예화를 통해 그것을 살펴보겠습니다.

어느 날, 난폭하기로 이름난 용왕과 한 보살이 고갯길 위에서 마주쳤습니다.

보살이 말했습니다.

"용왕이여, 살생을 하지 말게. 만약에 자네가 평생토록 5계를 지키려고 노력한다면 무한한 복을 받을걸세."

그 날 이후, 용왕은 거짓말처럼 온순해졌습니다.

히말라야 산록에서 가축을 돌보는 목동들이 있었습니다.

그들은 용 이야기만 들어도 두려움에 벌벌 떨 지경이었습니다. 하지만 용왕을 만나본 목동들은 그가 아주 온순하다는 사실을 알자 두려움 따위는 깨끗이 잊었습니다. 그들은 곧 그 등에 올라타기도 하고 꼬리를 당기기도 하고 입 안 가득 흙과 돌멩이를 채워 넣기도 했습니다. 용왕은 목동들에게 시달려 아무것도 먹지 못하고 병석에 눕고 말았습니다.

얼마 후, 보살을 다시 만난 용왕이 그에게 소리쳤습니다.

"5계를 지키고 자비를 베풀면 복을 받을 거라고 내게 말했지요? 웬걸? 나는 지금 행복은커녕 온통 고통스럽기만 할 뿐입니다."

보살이 말했습니다.

"용왕이여, 자비와 도덕과 덕망을 갖추게 되면 지혜와 지식은 절로 따라온다네. 이것이 진정 자네를 지키는 길일세. 이 다음에 목동들이 다시 자네를 괴롭히거든 그 앞에서 불을 한 번 내뿜어보게. 목동들이 더 이상 자네를 괴롭히는 일은 없을걸세."

지혜가 없는 것은 용왕이었습니다. 하지만 그로 인해 상처받은 것은 용왕뿐이었을까요? 아닙니다. 용왕과 목동들 양쪽 모두였습니다.

지혜와 자비의 조화를 일컬어 중도의 길이라고 합니다.

다른 이야기를 해볼까요? 옛날에 한 늙은 농부가 있었습니다. 논에 나가보니 코브라 한 마리가 막 죽어가고 있었습니다. 고통스러워하는 모습에 문득 자비를 베풀어야겠다는 생각이 들었습니다. 그래서 코브라를 조심스럽게 들어올려 품에 안고 집으로 돌아왔습니다. 따뜻한 우유를 먹인 다음 부드러운 천으로 감싸 주고 함께 잠자리에 누웠습니다.

다음은 어떻게 됐을까요? 이튿날 아침, 농부는 코브라에
물려 시체로 발견되었습니다.

그가 죽은 이유는 무엇일까요? 자비만을 앞세웠기 때문입
니다. 코브라를 집어 올리면 당연히 사람을 물겠지요? 누군
가 그 외의 방법으로 코브라를 안전하게 구하고자 한다면 자
비뿐만 아니라 지혜도 함께 사용하지 않으면 안 됩니다. 그
제야 인간도 행복해지고 코브라 또한 행복해질 것입니다.

세 번째 이야기입니다.

한 농부가 있었습니다. 어느 날, 친구와 함께 땔감을 하러
숲으로 갔습니다. 도끼로 나무를 내리치는 순간, 그만 벌집
을 잘못 건드렸습니다. 화가 잔뜩 난 벌들이 새까맣게 몰려
들어 사정없이 그를 쏘아대기 시작했습니다.

같이 간 친구는 평소 자비심이 많았습니다. 친구의 고통을
보자, 순간 그는 자신은 돌보지 않고 벌을 쫓으려고 도끼를
휘두르기 시작했습니다. 이리 뛰고 저리 뛰면서 있는 힘을
다해 휘둘렀습니다. 결국 그 농부는 친구의 도끼에 맞아 죽
음을 당하고 말았습니다.

지혜가 없는 자비는 돌이킬 수 없는 비극을 불러올 수도

있습니다. 이런 교훈이 생각나는군요.

'어리석은 친구보다 현명한 적이 낫다'.

지혜와 자비는 함께 가야 합니다. 어느 한쪽만 있는 것은 외발로 걷는 것과 다름이 없습니다. 몇 걸음 폴짝폴짝 뛸 수는 있겠지만 얼마 안 가 결국 쓰러지고 말 것입니다.

지혜와 자비의 조화는 온전한 걸음걸이와 같습니다.

천천히 우아하게, 그리고 한 걸음 또 한 걸음입니다.

고통에서 벗어나기

부처님은 이렇게 말씀하셨습니다.

"나는 단지 두 가지만을 가르칩니다. 고통과, 고통의 끝이 그것입니다."

고통의 원인은 무엇일까요? 고통은 집착에서 생겨납니다. 마음속으로 '나는 무엇 무엇이다' 라고 생각하는 즉시, 고통이 뒤따릅니다. 마음속으로 '나는 무엇 무엇이 아니다' 라고 생각하는 즉시, 또한 고통이 뒤따릅니다.

마음 가운데 집착이 있는 한, 고통은 필연적입니다. 고요한 마음에 자유와 평화가 깃듭니다.

집착의 이름은 108가지나 됩니다.

탐욕, 분노, 질투, 갈망 등이 그것입니다. 집착은 허물 벗은 뱀과 같습니다. 그 밑에는 또 다른 껍질이 허물 벗을 차례를 기다리고 있습니다.

어떻게 하면 고통에서 벗어날 수 있을까요?

떠나가도록 놓아두기만 하면 그만입니다.

'고통스럽게 잡고 있다가 행복하게 떠나보낸다'.

고통은 마음을 다스리지 못하는 사람을 따릅니다. 수레가 소를 따르는 것과 마찬가지입니다. 평안은 마음을 잘 다스리는 사람을 따릅니다. 그림자가 그러하듯 말입니다.

집착은 늘 고통을 동반합니다. 이는 아주 당연한 일로서 불의 본성과 마찬가지입니다. 불이 뜨겁다는 것을 믿고 안 믿고는 중요하지 않습니다. 만져보면 알 터이니까요.

불법은 우리에게 말합니다.

마음을 알고 마음을 헤쳐보고 마음에서 벗어나기를. 마음을 통달하면 모든 진리도 절로 통달합니다.

마음을 통달하는 열쇠는 무엇일까요? 바로 명상입니다.

고통에서 벗어나려면 오랜 시간이 걸립니까? 아닙니다. 깨달음은 지금 여기에 언제나 준비되어 있습니다. 문제는, 이러한 사실을 알아차리기까지 평생이 걸릴 수도 있다는 점이지요!

중도

      평화에 이르는 길의 이름은 중도입니다. 그것은 모든 종류의 대립과 극단을 초월합니다. 그것은 간혹 평정(平靜)이라는 말로 불리기도 합니다. 평정은 어떤 극단과도 조화를 이룹니다. 그것은 거문고줄을 느슨하지도 팽팽하지도 않게 잘 조율하는 것과 같습니다. 그것은 이제 완벽한 진동으로 아름다운 음악을 연주합니다.

    평정이란 모든 다툼이 가라앉은 것을 뜻합니다. 언젠가 커다란 코끼리가 더운 몸을 식히려고 진흙구덩이로 훌쩍 뛰어들었습니다. 당연히 그는 진흙구덩이에 빠졌고 몸부림치면 칠수록 더 깊이 빨려들어 갔습니다.

    다툼은 아무 소용도 없습니다. 사태를 더 악화시킬 뿐입니다. 고통과 다투지 마십시오. 부디 자신의 길을 가십시오. 이것을 가리켜 '불법에 귀의한다'고 합니다. 불법은 곧 중도입니다.

출가수행에 나서기 전, 부처님은 온갖 쾌락에 젖어 있었습니다. 하지만 그는 어떤 행복도 영원하지 않다는 것을 알았습니다. 그는 피골이 상접하고 눈이 움푹 들어갈 때까지 진리를 찾고 또 찾았습니다. 하지만 남은 것은 고통뿐이었습니다.

지난 세월을 돌이켜보면서, 부처님은 쾌락과 고행 모두 극단이며 어떤 것도 행복을 가져다주지 못한다는 사실을 깨달았습니다.

평화는 오직 상대와의 다툼을 그칠 때만 찾아옵니다. 중도에는 출발점도 없고 종착점도 없습니다. 때문에, 평화를 찾기 위해 굳이 중도 저 멀리까지 여행할 필요는 없습니다.

중도는 평화에 이르는 길일 뿐만 아니라 평화 그 자체이기도 합니다. 그것은 우리 모두에게 즐겁고도 안전한 여행을 보장해 줍니다.

행운과 불운

　　서로 맞서 짝을 이루는 말은 끝없이 많습니다. 선과 악, 낮과 밤, 옳음과 그름, 내 것과 네 것, 칭찬과 비난 등등. 이들은 모두 대립 관계에 있습니다. 우리 주변은 온통 그러한 것으로 가득합니다.

　　대립 관계는 항상 상대방의 존재를 전제합니다. 낮은 밤이 되고 밤은 낮이 됩니다. 태어나면 죽고 죽으면 다시 태어납니다. 마찬가지로 행운과 불운도 끊임없이 돌고 돕니다.

　　옛날에 한 농부가 있었습니다. 언젠가 타고 다니던 말을 갑자기 잃었습니다.

　　마을 사람들이 말했습니다.

　　"불운하구먼!"

이튿날, 말이 집으로 돌아왔습니다. 아주 튼튼해 보이는 다른 말과 함께였습니다. 마을 사람들은 말했습니다.

"행운이로군!"

어제는 '불운'이었던 것을 오늘은 '행운'이라고 생각합니다. 어제는 '손해'였던 것을 오늘은 '이익'이라고 생각합니다. 어느 것이 맞는 말일까요? 손해와 이익은 서로 대립관계에 있습니다.

다시, 농부의 아들이 새로 온 말을 타다가 떨어져 그만 다리가 부러졌습니다. 그러자 사람들이 이구동성으로 말했습니다.

"불운하구먼!"

전쟁이 일어났습니다. 건강한 청년들은 전장으로 끌려갔습니다. 많은 사람들이 죽거나 다쳤습니다. 하지만 농부의 아들은 다리가 부러져 전장에 나가지 않았습니다.

그것은 과연 손해였을까요, 이익이었을까요? 행운이었을까요, 불운이었을까요? 과연 누가 그것을 알 수 있을까요?

시간의 먹이

인생이란 무엇일까요? 사는 동안 우리는 모든 감각기관을 통해 끊임없이 먹고 마셔 댑니다. 그리고 반대로, 먹히지 않기 위해 끊임없이 노력합니다. 무엇이 우리를 먹는다는 말입니까? 바로 시간입니다. 시간이란 무엇일까요? 시간은 과거나 혹은 미래 속에서 살아갑니다. 이를 통해 그것은 우리 마음에 온갖 변화를 가져다줍니다. 단 일분만이라도 정신적으로 건강하다고 말할 수 있는 사람은 세상에 흔치 않습니다. 사람들 대부분 쾌락과 고통, 그리고 그 중간 감정에 대한 집착으로부터 고통 받습니다. 배고픔과 목마름으로부터도 고통 받습니다.

모든 생명체는 매 순간 눈과 귀와 코와 혀와 신경을 통해

무언가를 계속 먹고 마시지 않으면 안 됩니다. 우리 역시 24
시간 쉴 새 없이 무언가를 먹고 있지 않습니까? 육신을 위해
그리고 감정을 위해 우리는 끊임없이 먹이를 갈망합니다. 행
동을 위해 그리고 재생을 위해서도 우리는 항상 먹이를 갈망
합니다.

먹는 대로 우리의 본질이 형성됩니다. 우리는 곧 세계입니다. 우리는 세계를 먹습니다.

끊임없는 고통의 악순환 앞에서 부처님은 눈물을 그칠 수가 없었습니다. 벌레는 꽃을 먹습니다. 개구리는 벌레를 먹습니다. 뱀은 개구리를 먹습니다. 살쾡이는 뱀을 먹습니다. 호랑이는 살쾡이를 먹습니다. 사냥꾼은 호랑이를 죽입니다. 그리고 반대로, 호랑이는 곧 부패됩니다. 벌레가 날아와 그 속에 알을 낳습니다. 알이 깨이면 많은 벌레가 나옵니다. 벌레는 꽃을 먹습니다. 그리고 그 벌레를 개구리가 먹는 일이 계속 돌고 돕니다.

그리하여 부처님은 말씀하셨습니다.

"나는 단지 두 가지만을 가르칩니다. 고통과, 고통의 끝이 그것입니다."

고통스러워 하는 것과 먹이를 찾는 것과 감정을 좇는 것은 모두 한 뿌리입니다.

감각은 모든 것을 먹어치웁니다. 그것은 6개의 입을 가지고 있습니다. 눈과 귀와 코와 혀와 육신과 마음이 그것입니다.

첫 번째 입은 눈을 통해 모양을 먹습니다. 두 번째 입은 귀를 통해 소리를 먹습니다. 세 번째 입은 코를 통해 냄새를 먹습니다. 네 번째 입은 혀를 통해 맛을 먹습니다. 다섯 번째 입은 육신을 통해 촉감을 먹습니다. 그리고 여섯 번째 입은 마음을 통해 관념을 먹습니다. 이것이 감각입니다.

시간 또한 대식가입니다. 캄보디아 민담에는 6개의 입을 가진 거인이 자주 등장합니다. 그것은 닥치는 대로 모든 것을 먹어치웁니다. 거인이란 곧 시간입니다. 누군가 시간을 먹어버릴 수 있다면 그는 이미 열반을 얻은 것입니다. 시간을 먹는다는 것은 순간순간 충실하게 산다는 것을 뜻합니다. 지금 여기에서 최선을 다할 때, 시간은 결코 우리를 먹지 못합니다.

모든 것은 서로 서로 기대어 있습니다. 어디에도 '나'는 없습니다. 있는 것이라고는 원인과 결과뿐입니다. 듣고 보는 것도 결국 '나'가 아닙니다. 소리와 귀가 접촉하면 듣는 작용이 일어납니다. 마찬가지로, 모양과 눈이 접촉하면 보는 작용이 일어납니다.

다시, 눈과 모양과 의식이 어우러지면 시각이 생겨납니다. 시각은 느낌을 일으킵니다. 느낌은 인식을 일으킵니다. 인식은 분별을 일으킵니다. 그리고 '나'가 탄생합니다. 그것은 '나'가 보고 듣고 냄새 맡고 맛보고 감촉하고 생각한다는 고

통스러운 오류의 원천입니다.

감각은 눈을 앞세워 모양을 먹습니다. 아름다운 것이 보이면 즐거운 감정이 그대로 눈에 나타납니다. 반대로, 아름답지 않은 것이 보이면 불쾌한 감정이 그대로 눈에 나타납니다. 모양에 별로 관심이 없으면 감정은 중립을 유지합니다. 귀 역시 마찬가지입니다. 아름다운 소리가 들리면 즐거운 감정이 일어납니다. 반대로, 아름답지 못한 소리가 들리면 불쾌한 감정이 일어납니다. 소리에 무심하면 중립적인 감정이 유지됩니다.

다시, 이렇게 생각할 수도 있겠지요.

"나는 지금 보고 있다, 나는 지금 듣고 있다, 나는 지금 느끼고 있다."

하지만 어디에도 '나'는 없습니다. 있는 것이라고는 접촉뿐입니다. 눈과 모양과 의식의 어우러짐에서 살펴보았듯이 말입니다. 이것이 바로 불법입니다.

어떤 사람이 부처님에게 물었습니다.

"느끼는 것은 누구입니까?"

부처님이 말씀하셨습니다.

"질문 자체가 잘못 되었군요."

느낌의 주인공은 없습니다. 감각이 그렇게 느낄 뿐입니다. 어디에도 '나', '내 것', '나의'라는 말을 붙일 수가 없습니다. 이것이 바로 불법입니다.

어떤 종류의 감정도 고통 아닌 것이 없습니다. 그것은 허무의 바다입니다. 그것은 자신에 대한 헛된 신념입니다. 감정의 본질을 꿰뚫어볼 수만 있다면, 누구든 열반의 순수한 행복을 누릴 수 있습니다.

감정과 감각이야말로 고통의 원천입니다. 그 무상함을 깨닫기가 여간 어렵지 않기 때문입니다.

부처님은 말씀하셨습니다.

"무상한 육신에 의지한 감정이 어떻게 영원할 수 있겠습니까?"

감정을 먼저 다스리지 않는 한, 오히려 우리가 거기에 휘둘리고 말 겁니다. 지금 여기에 충실할 때, 사물의 실상은 절로 드러납니다. 그렇게 해야만 우리 모두 탐욕을 잠재우고 속박에서 벗어나 진정한 평화를 실현할 수 있습니다.

쾌락과 불쾌와 그 중립적인 감정을 이해하려면 명상이 필요합니다. 명상은 쾌락과 불쾌와 그 중립적인 감정을 지혜로 변화시켜 줍니다.

세상을 만들어가는 것은 마음입니다. 감정을 잘 다스릴 수 있다면 마음 역시 다스리기 어렵지 않습니다. 마음을 잘 다스릴 수 있다면 세상 역시 다스리기 어렵지 않습니다.

명상에 들어가기에 앞서, 먼저 몸을 편안히 할 필요가 있습니다. 단, 허리는 곧추 세워야 합니다. 그리고 들고 나는 호흡이나 그 밖의 다른 대상에 집중함으로써 자연스럽게 생각을 그쳐야 합니다. 들끓는 감정에 휘둘리는 일도 멈추어야 하겠지요.

생각이나 감정에 대한 집착에서 벗어나는 것, 그것이 바로 열반입니다. 그것은 가장 고귀하고 가장 완벽한 행복입니다.

고통 없이 산다는 것은 언제나 지금 여기에 산다는 뜻입니다.

최고의 행복은 바로 지금 여기에 있습니다. 거기에 집착하지만 않는다면 시간은 영원히 우리 편입니다.

형제자매 여러분, 부디 시간을 꿀꺽 삼켜 버리십시오.

보리수

보리수는 생명의 나무입니다. 부처님께서는 일찍이 사색에 든 채 보리수 아래에서 여러 주일을 보내신 적이 있습니다. 그리고 깨달음을 얻으셨습니다.

오늘날 여러분은 캄보디아와 인도 그리고 자신의 뒤뜰 어디에서나 보리수를 쉽게 만날 수 있습니다.

그것은 '위대한 생명의 나무'로 불리기도 합니다. 오랜 평안을 위해 필요한 모든 것을 그 뿌리와 잎과 줄기와 열매로부터 얻을 수 있기 때문입니다. 보리수는 진정 불교를 뜻하는 아름다운 상징입니다.

지금부터 보리수의 퍽이나 보기 좋은 뿌리에 대해 이야기해볼까요?

그것은 대개 우리가 취하는 모든 행동거지에 비유되고는 합니다. 세 개의 뿌리는 유익합니다. 그것은 당연히 달콤한 열매를 맺지요. 관용과 지혜와 연민이 그것입니다. 다른 세 뿌리는 무익합니다. 당연히 쓰디쓴 열매를 맺습니다. 탐욕과 증오와 무지가 그것입니다.

보리수 뿌리 위로는 커다란 줄기가 솟아 있습니다. 대상과 느낌과 지각과 인식과 분별의 다섯 가지가 그 구성요소입니다. 그것은 육체 및 정신적인 모든 현상, 곧 우리가 겪는 모든 체험의 기본 바탕입니다.

이들은 모두 감정의 노예입니다. 그것은 마치 감정이라는 손님을 위해 요리를 준비하는 요리사와 같습니다. 그 손님에게는 눈과 귀와 코와 혀와 육신과 마음이라는 6개의 입이 있습니다.

필요한 것은, 바로 그들에 대한 명상입니다. 명상 가운데로 그들을 이끌어야 합니다. 명상에 바탕하여 산다는 것은 그 가운데 어디에도 집착하지 않고 살아가는 것을 말합니다.

보리수 줄기는 점점 자라나 12개의 가지를 뻗습니다. 그 하나하나는 12연기의 각 요소에 해당됩니다. 일찍이 부처님께서는 12연기야말로 우리 모두 끊임없이 나고 죽는 고통의 원인이라는 점을 꿰뚫어보셨습니다. 보리수의 12가지는 삶의 여정에서 겪는 일 모두 원인과 결과로 서로 얽혀 있다는 것을 보여 줍니다.

무지는 의식적인 행동을 낳습니다. 의식적인 행동은 인식을 낳습니다. 인식은 육신과 마음을 낳습니다. 육신과 마음은 6개의 감각기관을 낳습니다. 6개의 감각기관은 접촉을 낳습니다. 접촉은 감정을 낳습니다. 모든 감정은 고통입니다. 영원하지 않기 때문입니다. 명상에서 멀어지면, 그것은 좋으니 나쁘니 하는 분별로 마구 치닫기 마련입니다. 그 결과는 집착입니다. 언젠가 다가올 업입니다. 또 다른 환생입니다. 탄생과 죽음의 끝없는 악순환이 다시 시작되는 것입니다.

보리수가 우리에게 가르쳐주는 것은 그 끝없는 고통의 악순환에서 어떻게 벗어날 것인가 하는 점입니다. 비밀은 명상 수행에 있습니다. 감정을 다스리고 관찰하기 위해 명상을 닦는다면 그에 대한 집착 따위는 일어날 수 없습니다. 집착이 일어나지 않는다면 고통도 없겠지요. 아주 아주 쉽습니다. 한 걸음 또 한 걸음 살아가면서 명상을 배우십시오.

열반

어떤 목사님이 내게 물었습니다.

"열반은 어디에 있지요? 요즘 사람들도 여전히 열반을 향해 길을 떠납니까?"

나는 말했습니다.

"지금 여기가 열반입니다."

열반은 어디에도 없습니다. 그것이 있는 곳은 특별한 데가 아닙니다. 바로 우리 마음속에 있습니다. 그것은 오직 지금 이 순간에만 존재합니다.

열반은 고통의 소멸을 뜻합니다. 그것은 일체의 분별을 초월합니다. 그것은 어디에도 속해 있지 않습니다. 원인과 결과와도 상관이 없습니다. 그것은 최고의 행복입니다. 그것은

절대 평화입니다. 세속적인 평화에는 많은 조건이 필요합니다. 하지만 열반의 평화는 어디에도 얽매이지 않습니다.

열반은 업의 소멸을 뜻합니다. 업은 우리 행위의 열매입니다. 업은 세세생생 우리 곁을 따라다닙니다. 우리가 죽으면, 촛불이 다른 초로 옮겨 붙듯 업도 그러합니다. 열반에 이르면 모든 집착이 사라집니다. 갈망도 사라집니다. 욕심도 사라집니다. 매 순간마다 새롭고 신선하고 순결합니다. 업도 소멸됩니다. 녹음테이프 속의 자료가 모두 사라지는 것과 같습니다.

고통은 열반에 이르는 길입니다. 고통을 진정으로 이해할 때, 우리는 자유로울 것입니다.

병든 몸, 온전한 마음

우리네 육신은 당연히 늙고 병들기 마련입니다. 몸이 비록 약하거나 부상을 입었다 해도, 마음은 얼마든지 온전할 수 있습니다. 설령 고통의 한 가운데에 놓여 있더라도 마음은 오히려 더없이 평화로울 수 있습니다.

육신은 자동차나 비행기나 자전거와 같은 탈 것입니다. 우리는 육신을 이용합니다. 반대로, 그것이 우리를 이용하도록 허락하지는 않습니다.

우리가 마음을 다스릴 수 있다면, 설령 육체적인 고통 가운데에 놓여 있더라도 마냥 자유롭고 상쾌할 것입니다.

부처님은 말씀하셨습니다.

"자신의 건강을 돌보십시오. 그것은 모든 발전의 토대입니다."

육체적인 고통 속에 있을 때, 캄보디아인들이 늘 하는 말이 있습니다.

"몸은 아파도 마음은 아주 말짱해!"

불법의 수레

불법은 처음도 좋고 중간도 좋고 끝도 좋습니다. 처음도 좋다는 것은 그 계율의 훌륭함을 말합니다.

그것은 살생하지 말라, 도적질하지 말라, 잘못된 음행하지 말라, 거짓말하지 말라, 술 마시지 말라고 가르칩니다. 중간도 좋다는 것은 명상수행을 말합니다. 끝도 좋다는 것은 지혜와 열반을 말합니다.

불법은 지금 코앞에 있습니다. 그것은 언제나 없지 아니한 곳이 없습니다. 불법은 시간을 초월합니다. 그 결과는 단박에 드러납니다.

불교에는 세 개의 수레(yana)가 있습니다. 셋 가운데 다른 것보다 더 좋거나 더 높은 것은 없습니다. 모두 똑같은 불법

이 실려 있습니다. 그런데 그 셋 외에 네 번째 수레가 더 있습니다. 그것은 더 완전합니다.

　나는 그것을 불법의 수레라고 부릅니다. 우주 그 자체를 말하는 것이지요. 거기에는 평화와 자비에 이르는 모든 수단이 실려 있습니다. 그 만큼 완전하기 때문에 불법의 수레에는 결코 분열이 존재하지 않습니다. 그것은 우리 형제와 자매 가운데 어느 누구도 우리로부터 갈라놓지 않습니다.

　와서 직접 체험해 보십시오. 불법의 수레는 지금 즉시 당신을 열반의 세계로 데려다줄 것입니다. 그것은 참으로 쉽습니다. 알아듣지 못할 사람은 아무도 없습니다.

　불법의 수레란 제가 그리는 그런 불교를 말합니다.

삼매와 지관

삼매는 우리를 지켜 줍니다.

마음이 맑고 고요해지면 욕망이나 무지에 휘둘리는 일은 더 이상 없습니다. 삼매는 불법이라는 전차를 모는 몰이꾼입니다.

'집중'은 삼매의 특징적 성격입니다. 그것은 자신이 행하는 모든 것에 집중합니다.

'단절'은 지관의 특징적 성격입니다. 그것은 특정한 대상 외의 모든 것을 차단합니다. 삼매는 마음의 장애물을 모두 끌어 모읍니다.

반면, 지관은 그 장애물을 깨끗이 몰아냅니다.

삼매와 지관은 불교명상 수행의 양대 산맥입니다. 삼매 속

에서 발걸음을 옮기면 깊은 평화에 젖을 수 있습니다. 삼매를 통해 우리는 자신을 지킬 수 있습니다. 세계도 지킬 수 있습니다.

부처님께서는 마지막 가르침을 통해 우리 스스로 자신을 지킬 수 있는 길을 제시해 주셨습니다.

"삼매를 닦으라."

부처님께서는 우리가 사랑하는 사람에게 "조심해."라고 말하듯 제자들에게 이렇게 당부하셨습니다.

자비에 대한 대한
명상

평화 만들기

적묵(寂默)은 모든 행동의 원천입니다.

마음의 평화 없이 세계 평화를 위해 할 수 있는 일은 거의 없습니다. 평화 실현을 위해 무엇보다도 먼저 할 일은 고요에 익숙해지는 일입니다. 명상과 기도가 그것입니다.

평화 만들기에는 자비가 필요합니다.

이를 위해서는 가만히 귀 기울일 줄 아는 것이 우선입니다. 자신은 물론 자신의 말까지도 포기해야 합니다. 자신의 깊은 내면에서 평화의 목소리가 들려올 때까지 조용히 기다려야 합니다. 자신의 목소리에 귀 기울일 줄 알면, 그제서야 다른 사람들에게도 똑같이 귀 기울일 줄 알게 됩니다. 그리고 새로운 생각이 마구 샘솟습니다. 활짝 열린 가슴으로 모

든 것과 조화를 이룹니다. 서로가 서로를 신뢰함에 따라, 갈등을 풀 수 있는 새로운 가능성을 문득 발견하게 됩니다. 가만히 귀 기울여 보면, 평화가 쑥쑥 자라나는 소리가 들려올 겁니다.

평화 만들기에는 명상이 필요합니다.

편견과 독단, 그리고 비판을 위한 비판이 판치는 곳에 평화는 없습니다. 평화 만들기는 최소한 전쟁 만들기보다 더 중요하다고 생각하지 않으면 안 됩니다.

평화 만들기에는 겸양이 필요합니다.

그것도 아주 철저한 겸양 말입니다. 평화 만들기는 한 마디로 팀워크 기술입니다. 협동이 필수입니다. 그 길을 아는 것은 우리뿐이라는 오만이야말로 평화 만들기의 가장 큰 장애입니다. 진정한 평화 운동가는 평화만을 위해 일할 뿐, 영광과 명예와 유명세 따위는 헌신짝처럼 여깁니다. 그러한 것들은 원래의 노력을 수포로 돌아가게 합니다.

평화 만들기에는 지혜가 필요합니다.

평화는 모든 정성을 모아 마련해야 할 길입니다. 아무 목적 없이 어슬렁거리는 길이 아닙니다. 한 걸음 또 한 걸음 다져나아가야 할 길입니다.

평화 만들기는 중도의 길입니다. 평정의 길입니다. 대립을 벗어난 길입니다. 집착을 벗어난 길입니다. 평화 만들기는 지혜와 자비의 완전한 조화를 뜻합니다. 그리고 인도주의적 요구와 정치적 현실의 완벽한 만남을 뜻합니다. 그것은 양보 없는 자비입니다.

연민이야말로 평화에 이르는 유일한 길입니다.

말하기 전에 생각하라

생각은 말로 나타납니다.
말은 행동으로 실현됩니다.
행동은 습관으로 발전합니다.
습관은 인격으로 굳어집니다.
인격은 운명을 낳습니다.
자신의 생각을 잘 살필지니,
만유에 대한 존경으로 빚은 사랑
그로부터 피어나게 하십시오.

71

위대한 자비

내가 선(善)을 행하면 상대방은 그 선을 배웁니다. 그리고 다른 사람에게 다시 선을 베풉니다.

내가 악을 행하면 상대방은 분노와 증오의 마음을 품습니다. 그리고 다른 사람에게 다시 그것을 행합니다. 세상이 악하면 스스로 선해지기 위해 많은 노력을 기울이지 않으면 안 됩니다.

이웃을 보살피는 것은 곧 나 자신을 보살피는 것과 같습니다. 다른 사람을 존경하고 섬기는 것은, 곧 온 세상 아니 계신 데 없는 부처님을 받드는 것과 같습니다.

이것이 바로 위대한 자비입니다. 자비, 그것은 무한히 행복한 마음을 일컫는 말입니다.

명상을 통해 우리는 자신을 지킵니다. 그리고 모든 이웃도 지킵니다. 자비행을 통해 우리는 모든 이웃을 지킵니다. 그리고 우리 자신도 지킵니다.

자비에는 경계가 없다

　　　평화보다 찬란한 것은 없을 겁니다. 자세를 꼿꼿이 하고 마음을 고요히 비우면, 내면 가득 피어나는 평화에 흠뻑 젖을 수 있습니다. 그리고 다시 우리 주위에 평화의 빛을 환히 비추어줄 수 있습니다.

　가족과 사회와 국가와 세계 모두를 향해.

　명상을 통해 우리는 이와 같이 기원합니다.

　"부디 행복하기를. 부디 평화롭기를. 부디 화나지 않기를. 부디 고통스럽지 않기를."

　왜 우리는 먼저 자신을 사랑하지 않으면 안 됩니까? 평화는 저마다의 가슴에서부터 시작되기 때문입니다. 이웃에 사랑을 전하려면 먼저 자신부터 사랑할 줄 알아야 합니다. 자비는 가정에서부터 시작됩니다. 자신을 지키는 것은 곧 온 세계를 지키는 것입니다. 자신을 사랑하는 것은 곧 온 세상을 사랑하는 것입니다.

"부디 행복하기를."이라는 바람은 자신만이 아니라 세상 모두를 위한 바람이기도 합니다.

세상은 하나입니다. 생명도 하나입니다. 우리 모두 똑같은 불성의 구현자들입니다.

자비의 에너지는 참으로 강력합니다. 그 힘은 아무런 차별 없이 모든 존재에 미칩니다. 심지어 자신을 미워하는 원수까지도 포함됩니다. 자비에는 경계가 없습니다. 자비는 불법의 본질입니다. 부처님께서는 모든 세상을 자비의 눈으로 바라보십니다. 자신의 행복을 위한 우리의 기도 역시 모든 존재를 위한 기도로 자라납니다.

"세상 모두 행복하기를, 고통스럽지 않기를."

불경에서는 자비명상의 공덕에 대해 말하고 있습니다. 자비를 행하는 사람은 단잠을 잡니다. 그들은 어지러운 꿈 따위로 잠을 설치지 않습니다. 그들은 아주 행복한 표정으로 일어납니다. 그들은 아주 쉽게 마음을 집중할 수 있습니다. 그 마음은 해맑고 고요합니다. 그들은 짜증을 모릅니다. 어떤 무기나 불이나 독약도 그들을 해치지 못합니다.

그 앞에서는 세상의 모든 고민거리가 절로 풀립니다. 모든 중생들이 그를 사랑합니다. 그 용모는 날로 청정해집니다. 그 가까이에 열반의 문이 활짝 열려 있습니다.

자비명상에는 모두 52가지의 공덕이 뒤따릅니다.

모든 존재를 사랑하면 두려움이 없는 공덕을 얻게 됩니다. 몸과 입과 생각에 의한 행위가 청정해져서 어디에도 걸림이 없습니다.

최고의 행복은 이기심이 없는 삶 속에 있습니다. 그것은 자비의 열매 가운데 하나입니다. 삶이 짐스럽게 생각될 때도 있습니다. 하지만 일체의 다툼에서 벗어나면 모두가 평안해집니다. 순간순간 한 걸음 또 한 걸음, 우리는 유쾌하고 찬란한 삶을 열어갈 수 있습니다.

서두를 필요는 없습니다.

자비에 물들면, 마치 물 속을 유유히 헤엄치는 물고기처럼 세상의 무거운 짐에 가라앉는 법이 없습니다. 순간순간, 시간의 흐름을 타고 수월하게 흘러갈 따름입니다.

모든 감관을 잘 다스린 덕분에 눈, 귀, 코, 혀, 육신, 마음 모두 평화가 가득 넘칩니다. 어떤 것이 행복한 삶이며 삶의 목적은 무엇인지, 생각이 또렷합니다.

명상의 목적은 무엇이며 '나' 니 '내 것' 이니 하는 것은 무엇인지도 생각이 분명합니다.

부처님께서는 말씀하셨습니다.

" '나' 니 '내 것' 이니 하는 것은 없다."

자비행을 실천할수록, 그 뜻을 깊이 실감할 수 있습니다.

우리는 본래 가족과 돈과 집과 명예에 대해 매우 이기적인 생각을 가지고 있습니다. 불법에 대해서도 마찬가지입니다. 하지만 자비를 행할 때 우리는 너그러워집니다. 음식과 돈과 집을 아낌없이 나누어 줍니다.

불법도 마찬가지입니다.

자비는 우정을 뜻하기도 합니다. 자비가 넘치면 모든 적의가 사라집니다. 우리 적들도 더 이상 우리를 미워하지 않습니다. 마침내 그들은 우리가 나누어준 자비를 우리에게 되돌려 줍니다. 우리는 이미 친구인 것입니다.

여러분, 이것이 바로 자비입니다.

화

화에 휘둘리면, 우리 자신뿐만 아니라 우리 이웃들도 상처를 입습니다. 화는 마음도 불사르고 육신도 불사릅니다. 얼굴은 벌겋게 달아오르고 심장은 쿵쾅거리며 손은 바르르 떨립니다.

우리의 첫 번째 임무는 자신을 지키는 것입니다. 그래서 이렇게 기원하지요.

"부디 내게 아무런 일도 없기를, 화나는 일도 없기를."

그 다음, 이렇게 기원합니다.

"부디 이웃에도 아무런 일이 없기를, 화나는 일도 없기를."

화를 자세히 들여다보면, '이거다!' 라고 할 만한 알맹이 따위는 하나도 없습니다. 화는 언제나 사소한 것들에 의해 촉

발됩니다. 화를 내는 '나'는 어디에도 없습니다. 불법의 진리만이 있을 뿐입니다.

화를 낼 때, 우리 얼굴은 추하게 일그러집니다. 화는 불입니다. 화 낼 때마다 우리 피와 뇌 속의 세포 수백 개가 불타 없어집니다.

자비가 넘치면 우리 얼굴은 환해집니다. 반짝입니다. 아름답습니다.

자비는 물과 같습니다. 끓인 물을 놓아두면 얼마 안 있어 바로 식습니다.

가끔씩 화가 나 온몸이 달아오르면 바로 자비를 떠올리십시오. 금방 열기가 가라앉을 겁니다. 물의 본성은 씻어내는 것입니다. 화를 내면 그 마음은 이미 오염된 것입니다. 그때, 우리는 자비라는 물로 마음을 씻어낼 수 있습니다. 물처럼, 자비는 모든 곳으로 흐릅니다.

'보리(菩提)'는 깨어남, 곧 사물을 있는 그대로 볼 줄 아는 것을 말합니다. 우리가 화에 대해 깨어날 때, 그것은 모든 힘을 상실합니다.

화는 곧 새 모습으로 다시 태어납니다.

자비입니다. 부처님의 자비심 말입니다.

하늘만큼 큰 사랑

　　종교지도자들마다 자신의 종교야말로 유일한 구원의 길이라고 힘써 강조합니다. 그러한 말을 들으면서 나는 그저 빙그레 웃을 따름입니다.

　물론, 찬성한다는 뜻은 아닙니다.

　다음은 2천5백여 년 전 부처님께서 깔라마에게 주신 가르침입니다.

　스승의 가르침이라고 무조건 받아들이지 말라
　성전에 씌어 있다고 무조건 받아들이지 말라
　많은 이들이 믿는다고 무조건 받아들이지 말라
　조상 대대로 전한다고 무조건 받아들이지 말라

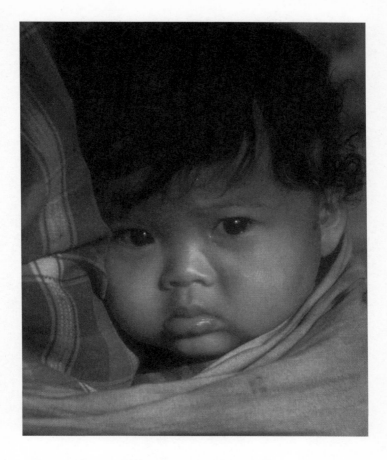

눈앞에서 확인된 진실만을 좇으며 살아가라

미국 프로비던스에 있는 캄보디아 절에는 아주 훌륭한 친구가 한 사람 있습니다. '보살'이라는 이름을 가지고 있지요. 그는 스님들에게 영어를 지도해 줍니다. 현명하고 참을 성 많은 성격의 소유자입니다. 그런데 그 역시 한 가지 도전에 시달리고 있습니다. 말할 때 약간 더듬는 습관이 있다는 거지요.

그 날도 보살은 여느 때처럼 스님들에게 영어를 가르치고 있었습니다. "하, 하, 하우스." 하고 그가 말했습니다. 그러자 스님들 모두 정확히 그의 발음을 따라 반복했습니다.

"하, 하, 하우스!"

순간, 보살은 깜짝 놀랐습니다.

"으, 으, 노!"

그가 소리쳤습니다. 이번에도 스님들은 똑같이 반복했습니다.

"으, 으, 노!"

보살은 스님들에게 깨달음의 길을 보여주었습니다. 귀에 들리는 대로, 눈에 보이는 그대로가 진리는 아닌 것입니다. 스승을 통해, 성전을 통해, 그리고 교리를 통해 진리를 알 수는 없습니다.

부처님께서는 경험이라는 시금석 위에 세상의 진리를 시험해보라고 간곡히 당부하셨습니다.

진리란 명상 체험에 의해서만 비로소 우리 것으로 다가옵니다.

어떤 종교도 진리보다 높지는 않습니다. 사람답게 살기 위해서는 우리 모두 동포이고 형제이고 자매라는 점을 알아야 합니다. 이러한 깨달음이 세상 널리 퍼지도록 나는 간절히 기도하고 또 기도합니다. 평화에 대한 바람 안에서 서로 서로 도우며 살아가기를 나는 간절히 기도하고 또 기도합니다.

보시

예수님은 말씀하셨습니다.

"무엇이든 내 형제 가운데 하나에게 주는 것은 곧 내게 주는 것과 다름이 없다."

위대한 존재는 이웃의 행복을 위해 자신이 좋아하는 것을 베푸는 것으로서 정신적인 균형을 유지합니다. 그는 남들의 고통이 덜한 것을 좋아합니다. 남들의 성공을 즐거워합니다. 모든 존재를 평등하게 대합니다.

위대한 존재는 이웃에게 아낌없이 주는 것으로서 기쁨의 원천을 삼습니다. 남에게 해를 끼치지 않기 위해 5계를 굳게 지킵니다. 자신의 덕을 완성하기 위해 함부로 행동하지 않습니다. 명상수행도 게을리 하지 않습니다. 모든 존재에 대해

선한 것은 무엇이고 선하지 않은 것은 무엇인지, 또렷이 알
기 위해서입니다.

위대한 존재는 이웃의 행복을 보살피는 것으로서 자신의
에너지를 삼습니다. 이를 통해 커다란 용기에 도달하면, 이
웃이 어떤 잘못을 저지르든 관대해집니다. 그들은 거짓말하
지 않습니다.

그들은 이웃의 행복과 안락을 위해서라면 어떤 일도 부끄
러워하지 않습니다. 그들은 자비로운 마음에서 자신보다 남
의 행복을 우선 생각합니다. 그럼에도, 그 마음은 고요해서
아무런 대가도 바라지 않습니다. 이것이 바로 보시를 통해
모든 공덕을 완성해가는 저들의 참모습인 것입니다.

우리 자신이 법당이다

지금 이 순간, 세계의 많은 불교도들이 심각한 고통 가운데에 처해 있습니다. 티벳, 캄보디아, 라오스, 버마, 베트남 등의 국가에서 특히 그러합니다. 우리 불교도가 할 수 있는 가장 중요한 일은 세계 어느 나라에서든 인간의 고귀한 영혼이 완전한 해방에 이르기를 기원하는 것입니다.

이를 위해, 우리 모두 살아 있는 자산으로서의 종교적 진리를 지혜롭게 활용하지 않으면 안 될 것입니다.

상처 입은 세상을 위해 불교가 할 수 있는 일은 과연 무엇일까요?

삶의 질을 향상시키기 위해 부처님께서 주신 가르침에는 어떤 것이 있을까요? 부처님께서 보여주신 가장 용기 있는

행동 가운데 하나는, 피비린내 나는 살육을 중지시키기 위해
몸소 전장으로 향하셨던 일입니다.

　부처님께서는 사람들이 문제를 가지고 자신을 찾아올 때
까지 법당에서 마냥 기다리시기만 한 것은 아니었습니다. 그
곳이 어디든, 문제의 현장을 향해 바로 발걸음을 옮기셨던
것입니다. 오늘날 서양에서 말하는 '분쟁 해결사' 이셨던 셈

입니다.

끊임없는 분쟁과 충돌을 우리는 과연 어떻게 풀어야 할까요? 협상이 갖는 진정한 의미는 무엇일까요?

간디는 말했습니다. '비폭력운동의 본질은 반대자의 일소가 아닌, 적대감의 종식을 추구하는 것'이라고 말입니다. 참으로 중요한 지적이 아닐 수 없습니다. 반대자는 존경받아야 마땅합니다. 우리는 무의식중에 그들의 인간성을 이해하기에 이릅니다. 모든 악의는 무지에 의해 싹튼다는 사실을 깨닫게 됩니다. 그리고 각자가 가진 최선의 요소에 호소함으로써 마침내 양쪽 모두 평화라는 일치점에 도달합니다. 모두가 평화의 주역입니다. 간디가 말하는 '양쪽 모두의 승리'인 것입니다.

불교도들은 이제 침묵의 법당 문을 힘껏 밀치고 나서야 합니다. 그리하여, 고난으로 가득한 현실의 법당 안으로 용기 있게 들어가야 합니다. 부처님과 예수님과 간디의 말에 귀 기울여 보십시오. 우리가 해야 할 일은 다른 것이 아닙니다. 난민 캠프, 교도소, 빈민굴, 그리고 총성이 난무하는 전장이야말로 우리의 진정한 법당입니다. 참으로 할 일이 태산입니다.

변화는 아주 더디게 찾아올 겁니다. 왜냐하면, 동남아시아 불교도들의 경우 대부분 일찍부터 전통적인 불교교육에 의해 그 가치관이 형성되어 왔기 때문입니다.

많은 캄보디아인들이 내게 말합니다.

"큰스님, 스님들은 절을 지켜야지요."

새로운 변화에 적응하기란 여간 어려운 일이 아닐 겁니다. 한 가지 분명한 것은, 높아만 가는 세상의 고통 소리에 이제는 승려들이 대답할 차례라는 점입니다.

법당은 항상 우리 곁에 있다는 사실을 기억해 주기 바랍니다.

바로 우리 자신이 법당인 것입니다.

평화는 천천히 자라나는 나무다

'나' 는 없습니다.

있는 것이라고는 원인과 조건뿐입니다. 그러니, 자신은 물론 남과 다투는 일도 다 부질없는 일입니다. 현자는 압니다. 모든 다툼의 근본적인 원인과 조건은 이 마음에 있다는 것을.

승리는 반드시 증오를 낳습니다. 패배는 반드시 고통을 낳습니다. 현자는 승리와 패배 어느 쪽도 바라지 않습니다.

우리는 관용이라는 무기로 이기심에 맞섭니다.

지혜라는 무기로 무지에 맞섭니다. 연민이라는 무기로 증오에 맞섭니다. 부처님께서는 말씀하셨습니다.

"누군가로부터 부당한 일을 당하거든 그를 증오하는 대신 이렇게 말해야 합니다. '내 마음은 아무렇지도 않아. 기분

나쁜 말은 한 마디도 하지 않을게. 앙심 같은 것도 먹지 않을 테고. 그냥 좋은 감정으로 친하게 지내자.'"

평화는 마음에서부터 시작됩니다. 그렇습니다. 우리는 심지어 원수에게까지도 자비를 베풀어야 합니다.

기나긴 어둠이 지나고, 이제 캄보디아에도 평화의 아침이 밝아오고 있습니다. 부처님의 자비광명에 무한한 감사를 드릴 뿐입니다. 지금의 평화와 화합과 지혜는 모두 부처님 덕분입니다. 부디 안정의 핵심이며 중도의 결실인 이 화합 정신이 캄보디아 지도자들의 모든 대화와 만남의 자리마다 가득 넘치기를 기원합니다.

누구든 평화의 기술을 가르치고 배울 수 있기를 바랍니다. 불법의 가르침대로 살면 그것이 가능합니다. 이를 통해 우리는 안으로는 평화를, 밖으로는 그 실현 방법을 터득하게 됩니다.

참다운 평화운동가라면 오직 평화만을 좇을 뿐, 승리 따위는 아랑곳하지 않습니다. 개인적인 명예나 칭송, 영광 따위도 한낱 짐에 불과할 따름입니다.

자비는 모든 사람들의 가슴 속에 살아 있습니다. 가만히 귀 기울여 보십시오. 천천히 한 걸음 또 한 걸음, 캄보디아의 평화는 쉼 없이 자라나고 있습니다.

자립정신

캄보디아의 고통은 전 세계가 겪는 고통의 거울그림일 뿐입니다.

일찍이 부처님께서는, 삶이 고통임을 알 때 비로소 깨달음은 시작된다고 말씀하셨습니다.

많은 사람들이 불교의 이러한 시각을 두고 허무주의적이라느니 부정적이라느니 하고 말합니다. 그렇지 않습니다. 그러한 평가는 말하는 사람 자신이 놓여 있는 환경의 반영에 지나지 않습니다.

마하트마 간디는, 고통이란 자기정화로 나아가는 통로라고 설파했습니다. 그는 말했습니다.

"진리파지(眞理把持) 운동 과정에서 무저항주의와 그에 따

른 고통을 감내한다면, 그 내부에서 싹트는 사랑의 힘은 엄
청난 위력을 가질 것입니다. 주변의 모든 사람들, 심지어는
적대자들까지도 그 영향을 받아 한층 변모될 것입니다."

간디는 이것을 '고통의 법칙' 이라고 명명하였습니다. 부처님 역시 고통은 우리에게 자비를 가르쳐준다고 말씀하셨습니다. 캄보디아 민족이 겪고 있는 고통을 상기할 때마다 내 가슴은 자비에 대한 간절한 기원으로 벅차오릅니다.

부처님은 말씀하셨습니다.

"자신의 구원을 위해 부지런히 노력하십시오."

그 뜻은 무엇일까요? 우리 모두 자신의 구원에 대해 스스로 책임지지 않으면 안 됩니다. 이야말로 가장 순수하고 가장 기본적인 형태의 자립이라고 말할 수 있을 것입니다.

개인적인 것이든 국가적인 것이든, 자유에 대한 온전한 이해는 바로 이로부터 시작되어야만 합니다.

개인의 구원 문제는 종교인 및 철학자들 사이에 많은 논쟁을 불러일으켜 왔습니다. 그것은 결코 다른 사람들과는 무관한, 배타적인 구원을 의미하지 않습니다. 불교의 팔정도는 우리를 고통의 끝으로 인도합니다. 이에 충실하면 우리 자신과 우주정신과의 합일은 절로 실현됩니다. 그 사랑은 나 이외의 모든 것까지 하나로 포용합니다. 개인의 구원은 인류 구원의 축소판입니다.

10가지 완전함(十善)에 대해 명상할 때, 우리는 점차 이기

심에서 벗어나게 됩니다. 그리고 주위에 널리 영향을 미치게 됩니다. 간디는 말했습니다.

"진리파지 운동은 사회봉사를 통한 자아실현을 모토로 합니다."

최근, 달라이 라마 스님이 제게 말했습니다.

"고통의 원인이 되는 뿌리를 제거하기 위해 부처님과 불법과 승가에 귀의하지 않으면 안 됩니다. 우리가 길러야 할 것은 남을 이롭게 하는 마음과 강력한 의지입니다."

그는 다시, 이야말로 전 인류에게 영원한 행복과 평화를 가져다줄 것이라고 거듭 강조하였습니다.

봉사 및 윤리 의식을 드높이는 열쇠는 자비입니다. 그것은 무저항주의와 전혀 다르지 않습니다. 그것은 모든 사람들의 안녕을 포함합니다.

부처님에 의하면, 설령 사지를 절단 당하더라도 우리는 얼마든지 이웃에 선의를 표할 수 있습니다. 자신에게 해를 입힌 사람에게까지 말입니다. 꿈에서조차 복수하겠다는 생각 따위는 갖지 않습니다.

증오는 결코 증오에 의해 그치지 않습니다. 증오는 사랑에 의해서만 그칩니다.

누가 적_{인가?}

1981년, 캄보디아의 미래를 주제로 한 국제회의가 유엔에서 있었습니다. 캄보디아 불교계에서도 때 맞추어 캄보디아의 평화를 기원하는 불교 행사를 현지에서 준비하였습니다. 행사가 끝난 다음, 한 크메르 루즈 지도자가 제게 가까이 다가왔습니다. 그리고 국경 바로 너머 태국 쪽에 절을 하나 지어줄 수 없겠느냐고 아주 조심스럽게 요청해 왔습니다.

나는 즉각 '그러마' 하고 답했습니다.

동시에, "아!" 하는 주위 사람들의 탄식이 귓가에 들려 왔습니다.

"저 사람, 지금 철천지원수와 대화를 나누고 있는 거 아

냐? 게다가, 그 부탁을 기꺼이 들어주겠다니! 어떻게 저럴 수가 있지?"

　나는 그들에게 사랑은 모든 존재를 포용한다고 일깨워 주었습니다. 선하든 악하든 고귀하든 비천하든, 그러한 것은 아무 상관이 없습니다.

고귀하고 선한 사람들을 사랑하는 것은 아주 당연한 일입니다.

그들의 인격이 자비와 서로 통하기 때문입니다. 악한 마음을 가진 사람들을 사랑하는 것도 아주 당연한 일입니다. 그들이야말로 자비를 가장 필요로 하기 때문입니다. 그들 가운데 대부분은 선의 씨앗이 이미 시들었을지도 모릅니다. 다시 싹트려면 사랑의 비를 흠뻑 내려주어야 합니다. 그것을 시들게 한 것은 세상에 가득한 분노의 열기입니다.

간디는, 자신은 항상 협상할 준비가 되어 있노라고 말하곤 했습니다. "나의 비타협 뒤에는 언제나 협조를 갈망하는 바람이 숨어 있습니다. 상대가 아무리 극심한 반대 성향을 가지고 있다 해도 마찬가지입니다. 그 가능성이 아무리 희박하다 해도 마찬가지입니다.

내가 생각하는 불완전한 사람에게는 진정 신의 은총이 필요합니다. 다르마의 빛이 필요합니다. 구원받지 못할 사람은 아무도 없습니다."

캄보디아인들이 크메르 루즈를 사랑하는 것처럼, 자신의

원수를 사랑한다는 것은 어쩌면 가장 어려운 일일지도 모릅니다. 나 역시 그것을 아주 당연한 일이라고 생각합니다. 그것이 세상 이치입니다. 증오와 복수는 끝없이 돌고 돌기 때문입니다. 화해란 결코 권리와 조건의 포기를 뜻하지 않습니다. 그것은 오히려 모든 협상 과정을 통해 사랑과 이해를 발휘하는 일입니다. 상대방의 모습에서 내 모습을 찾아내는 일입니다. 무지하기 때문에 적대적일 수밖에 없습니다.

우리 역시 많은 부분에서 그들만큼 무지하지 않습니까? 결국, 우리 모두를 자유케 하는 것은 자비와 명상뿐입니다.

간디는 말했습니다.

"우리 내면의 무저항주의에 철저할수록, 그 영향력은 더욱 커질 것입니다. 그리하여 우리 주위는 물론, 결국에는 온 세상을 덮어버릴 것입니다."

자신의 행복과 구원은 스스로 책임지지 않으면 안 됩니다. 봉사야말로 구원에 이르는 지름길입니다. 봉사란 다른 것이 아닙니다. 모든 존재를 따스하게 보살피는 일입니다. 무지의 그늘에 빛을 밝히는 일입니다.

인간가족

부처님께서는 일생에 걸쳐 인간의 권리와 평화실현을 위해 쉼 없이 노력하셨습니다. 부처님에게서 우리는 훌륭한 협상가의 전형을 발견할 수 있습니다.

인간의 권리는 세상의 모든 남녀가 형제자매로 느껴질 때 비로소 바로 서기 시작합니다. 그때, 우리는 진심으로 서로 아끼고 걱정합니다.

캄보디아인들이 유태인들을 돕는 데 발 벗고 나섭니다. 유태인들은 기꺼이 아랍인들을 도우며 아랍인들도 이웃 나라를 돕는 데 앞장섭니다.

우리 모두 각자의 권리 앞에 충실한 하인일 뿐입니다.

아직 보잘것없는 우리나라도 마찬가지입니다. 우리 캄보

디아인들이 이웃 베트남의 인권과 자유에 대해 진정으로 관
심을 가질 때까지, 그리고 태국인들과 중국인들에 대해서도

똑같이 그러할 때까지 우리 스스로 자신의 권리를 거부하지 않으면 안 될 것입니다.

우리 모두 거대한 인간가족의 일원입니다. 남녀노소 모두 부처와 예수와 알라의 본성을 가지고 있습니다. 이러한 점을 인정할 때, 비로소 우리는 같은 자리에 앉아 이야기하면서 진정한 평화를 실현해 나아갈 수 있을 것입니다. 인간가족의 본래 의미를 활짝 꽃피울 수 있을 것입니다.

부디, 우리 모두 생전에 진정한 평화를 누리며 고통에서 훌쩍 벗어날 수 있기를 간절히 기원합니다.

평화 만들기는 삶의 핵심입니다. 평화 운동가들은 가능한 한 자주 만나야 합니다. 그리하여, 우리 자신과 사회와 국가와 온 세계의 평화를 수시로 확인해야 합니다.

평화는 결코 동이나 서나 남이나 북 한쪽만을 편애하지 않습니다. 평화가 찾아오면 캄보디아는 그것을 모든 이웃과 함께 나눌 것입니다.

평화는 폭력과 거리가 멉니다. 나라를 다시 세운 이상, 캄보디아는 이제 누구에게도 폭력을 행사하지 말아야 할 것입니다. 평화는 자유와 정의 위에서 꽃피어납니다. 평화가 찾아온 캄보디아에는 늘 자유와 정의가 넘쳐날 것입니다.

평화를 향한 우리의 여행은 오늘도 내일도, 그리고 매일매일 새롭게 시작될 것입니다. 평화 만들기는 삶 그 자체입니다. 세상 모든 사람들을 이 여행에 초대하지 않으면 안 됩니다.

자신과 사회와 국가의 평화를 이루어가듯, 세계평화 역시 우리 모두가 이루어가야 할 숙제입니다.

우리의 유산을 지키자

　　북미 대륙은 인종의 용광로입니다. 캄보디아인들이 이곳에 산 지 이제 겨우 1세대밖에 되지 않습니다.

　　최근, 캄보디아인들의 재정착 지역은 유럽과 오스트레일리아 그리고 아시아 지역까지 확대되고 있습니다. 새로운 땅에서 삶을 다시 시작함에 따라 그리고 새로운 사회의 일원으로 편입됨에 따라, 이제 고유의 문화를 보존하는 일이 중요한 문제로 떠오르고 있습니다. 문화가 없으면, 우리는 마치 물 밖에 나온 고기처럼 자신의 본래 모습을 잃고 깊은 혼란에 빠질 것입니다.

　　캄보디아인들에게는 중요한 유산이 있습니다. 그 내용은 풍부하기 이를 데 없습니다.

캄보디아인들은 두려움이 없습니다. 탐욕과 분노와 무지를 이길 수 있기 때문입니다.

캄보디아인들은 겸손하고 용감하고 고귀합니다.

캄보디아인들은 부모에게 효도합니다. 국가와 그 지도자와 온 세상을 감사하게 생각합니다.

캄보디아인들은 5계를 지킵니다. 국법을 준수합니다. 다르마를 존중합니다.

캄보디아인들은 명상을 행하고, 그것이 자신의 보호자라는 사실을 명확히 압니다.

캄보디아인들은 자비와 연민과 동정과 평정을 유지합니다.

캄보디아인들은 인내심이 강합니다. 고난과 고통과 장애를 견딜 수 있습니다.

캄보디아인들은 이웃의 잘못을 잊고 용서해줍니다. 그들은 과거의 교훈을 소중히 여깁니다. 그들은 미래를 위해 현재를 삽니다.

캄보디아인들은 진실하고 예의 바릅니다. 그들은 팔정도를 실천합니다.

캄보디아인들은 명랑하고 따스합니다. 그들의 말은 진솔하고 다정하고 실속 있고 명확하고 그윽하고 달콤합니다. 그들의 말에는 마음의 근심을 풀어주고 마음의 오염을 씻어주며 마음에 힘을 불어넣어 주는 능력이 있습니다.

캄보디아인들에게는 불교와 다르마에 대한 사랑으로 단결하는 전통이 있습니다.

누구든 강에 빠지면 강물과 함께 구불구불 떠내려 갑니다. 하지만 우리는 우리의 보트를 잊어서는 안 됩니다. 우리의 전통이 그것입니다.

세세생생 모든 부처님들과 마찬가지로, 캄보디아 민족 모두 평화의 수호자가 되어주기를…….

신성한 조국의 전통 가운데에서, 부디 민족의 화합과 자비와 평화를 진심으로 찬양하게 되기를…….

다리 놓기

캄보디아를 분열시킨 것은 기아와 죽음과 투쟁입니다.

사람들은 서로 서로 등을 돌렸습니다. 형제가 형제를 죽였습니다. 같은 민족끼리 서로 죽이라고 온 세계가 우리 손에 총칼을 쥐어 주었습니다.

이제, 우리 앞에는 중도라는 공동의 실천과제가 주어져 있습니다.

그 외의 다른 길은 없습니다. 한 걸음 또 한 걸음, 중도의 길을 향해 우리 모두 여행을 떠나지 않으면 안 됩니다. 여행길에서, 우리는 부처님과 예수님의 본성을 찾는 탐구를 게을리 하지 않습니다. 그것은 모든 인류의 가슴에 평화의 불씨를

당겨줍니다. 캄보디아인들의 비폭력정신을 일깨우는 노력도 게을리 하지 않습니다.

전쟁과 총칼은 우리에게 극심한 고통을 안겨주었습니다. 지금은 평화를 위한 시간입니다. 온갖 문제에 대해 비폭력적인 해결책을 찾기 위한 시간입니다. 불교 공동체인 승가의 복원도 시급한 문제입니다. 비구와 비구니들을 도와 사찰을 재건해야 합니다. 그리고 국내는 물론 세계적으로 발전할 수 있도록 이끌어주어야 합니다. 사람들 사이에 다리를 놓는 일도 서둘러야 합니다.

그 사이에 가로놓인 골이 아무리 깊고 험하더라도 말입니다.

공통의 불성을 갖고 있다는 점에서 우리는 모두 하나입니다. 우리는 얼마든지 평화와 이해와 화합의 다리로 연결될 수 있습니다.

캄보디아인이 있는 곳이라면, 우리는 세상 어느 곳이라도 기꺼이 여행을 떠날 것입니다. 내딛는 걸음마다 기도가 솟아나고 내딛는 걸음마다 다리가 이어질 것입니다. 우리의 순례 길에는 세상 모든 종교와 그 지도자들이 함께 동행할 것입니다.

그 모든 사람들의 기도와 명상은 캄보디아를 비롯한 온 세상의 평화를 위해 강력한 울림으로 메아리칠 것입니다.

네 얼굴, 한 마음

앙코르 제국의 역대 왕들은 사원 건축에 심혈을 기울였습니다. 당시 지어진 건물은 높이가 하늘을 찌를 듯하고 길이는 수천 미터에 달합니다. 그것은 마치 평지에 솟은 산을 방불케 할 정도입니다.

가장 유명한 것은 앙코르 톰입니다. 그 가운데 일부는 지금까지 건재합니다.

앙코르 톰의 주출입구 위에는 아름다운 부조가 조각되어 있습니다. 네 개로 이루어진 부처님의 거대한 두상으로서, 각기 그윽한 눈빛으로 사방을 응시하고 있습니다. 그 표정은 부처님의 네 가지 거룩한 성품, 곧 자비와 연민과 평정과 화락(和樂)을 담고 있습니다.

이 조각상은 왜 이처럼 오랜 세월을 견디어온 걸까요?

약속을 지키기 위해서입니다. 캄보디아의 평화 뒤에 숨어 있는, 거의 잊혀질 뻔한 신비가 그것입니다. 자비, 연민, 평정, 화락의 네 가지 말입니다.

네 얼굴에 한 마음. 네 정당에 한 캄보디아.

한 걸음 또 한 걸음 천천히, 평화는 그렇게 옵니다.

평화의 군대

캄보디아 역사는 한창 만들어져 가고 있는 중입니다. 4개 군대 모두 무기를 땅에 내려놓았습니다. 4개 정당역시 공동정부에 참여하기 위해 상호 협조에 합의했습니다. 미래의 역사를 향해 모두 함께 나아가고 있습니다.

캄보디아 전체가 앞서 죽은 사람들을 위해 애도하고 있습니다. 모든 행동은 결과를 낳습니다. 수년에 걸쳐 계속된 폭력으로 엄청난 비극이 발생했습니다. 더 많은 폭력은 더 많은 피해를 가져올 뿐입니다.

지금은 평화를 위한 시간입니다. 우리 불교도들은 다섯 번째 군대를 캄보디아에 창설할 것입니다. 부처님의 군대가 그것입니다. 그들은 자비라는 총알로 모든 사람들을 겨눌 것입니다.

부처님의 군대는 엄정 중립을 유지할 것입니다. 주요 무기는 명상입니다. 그들은 아주 용맹스러운 군대입니다. 그 앞에, 모든 폭력은 무너질 것입니다. 모든 고통은 소멸할 것입니다.

자유와 화합 그리고 국제질서의 개선을 위해 그들은 사명을 다할 것입니다. 평화를 위한 정신적인 탐구도 더욱 확대해 나아갈 것입니다. 평화에 관한 기술도 더욱 발전시켜 나아갈 것입니다. 명실상부한 평화의 군대로서 일사불란하게 움직일 것입니다.

그 동안, 우리는 다음의 일곱 가지를 반드시 명심해야 할 것입니다.

1. 캄보디아는 다른 민족과 다른 문화와 다른 종교를 포용해야 합니다. 그것은 반드시 유지되고 보호받아야 합니다.
2. 캄보디아 민족은 적극적으로 비폭력, 비무장, 정치적 중립을 요구해야 합니다.
3. 캄보디아 민족은 문화적인 독립과 자유로운 경제 추구권, 그리고 자결권을 포함한 일체의 기본적인 인권을 보장받아야 합니다.

4. 캄보디아의 역사, 문화, 종교 등에서 가르치는 기본 원칙은 비폭력입니다.

5. 캄보디아 민족은 언제 어디서든 명상수행과 평화운동에의 초대에 응할 필요가 있습니다.

6. 불교는 조화와 보편과 일치의 정신을 깨우쳐 줍니다.

7. 바른 견해, 바른 사유, 바른 언어, 바른 행동, 바른 직업, 바른 노력, 바른 마음가짐, 바른 선정의 팔정도는 우리에게 평화를 가져다 줍니다.

캄보디아 민족의 유산은 풍부하면서도 강력한 힘을 가지고 있습니다.

세계 각처의 캄보디아 민족은 하나같이 선량합니다. 그러니, 지혜와 자비의 부처님이시여! 부디 저희를 평화적인 통일의 길로 인도해 주소서.

사랑의 포용력

　　캄보디아인들은 아주 독특한 방법으로 인사를 나눕니다. 가슴 앞에서 두 손을 봉긋이 모아 기도하는 자세를 취한 다음 서로 공손히 머리를 숙입니다.

　'솜뻬하' 라는 것으로서 '당신의 불성에 머리를 숙입니다' 라는 뜻을 갖습니다.

　특별히 중요하게 여기는 사람을 만나는 경우에는 조금 다릅니다. 서로 껴안고 오랫동안 따스한 체온을 나누는 것입니다. 가볍게 안아 올리는 행동도 빼놓을 수 없습니다. 이 경우, 인사를 드리는 사람은 반드시 자신의 머리를 인사 받는 사람의 머리 아래쪽에 두어야 합니다. 그 의미는 '나는 당신이라는 존재를 깊이 존경합니다' 라고 합니다.

바티칸의 계단에서 교황 요한 바오로 2세를 만났을 때, 우리는 따스한 포옹을 나누었습니다. 나는, 그때도 역시 그에 대한 존경을 표하기 위해 그를 가볍게 안아 올렸습니다. 하지만 나는 키가 작았고 교황은 몸집이 아주 장대했습니다. 이후, 며칠 동안 팔이 욱신거린 것은 아주 당연한 일이었지요. 자비에는 지혜가 동반되어야 한다는 것을 잠시 잊은 탓이었습니다.

어떤 사람들은 불교와 기독교가 만나는 것은 불가능한 일이라고 말합니다. 나는 묻습니다.

"왜 안 되지요?"

사랑은 모든 것을 감싸 안습니다.

나는 교황에게 사랑을 전했고, 교황은 바로 행복감을 표했습니다.

그는 나를 포옹했고 나는 그를 포옹했습니다. 서로 아무런 어색함도 느끼지 못했습니다. 사랑 때문이지요.

걸음 걸음이 그대로 기도이다

부처님께서는 명상수행을 가리켜 '하나뿐인 길'이라고 말씀하셨습니다. 언제나 지금. 어떤 상황에서든. 바로 이 순간에. 매 순간마다. 바로 이번 걸음에.

우리가 다음과 같이 말하는 이유도 여기에 있습니다.

"한 걸음 또 한 걸음. 걸음 걸음이 그대로 명상입니다."

매번, 정지해 있는 열차 쪽으로 걸어가면서 프로비던스 역에 전송 나온 캄보디아 어린이들을 향해 나는 이렇게 외칩니다.

"천천히 천천히 한 걸음 또 한 걸음, 걸음 걸음이 그대로 기도란다!"

그 장면을 목격한 승객들은 하나같이 미소를 감추지 못합니다. 덕분에, 나의 이 말은 어느 새 사람들 사이에 아주 유명

해졌습니다.

캄보디아 어린이들은 아직 영어가 능숙하지 못합니다. 하지만 그들은 이 말뜻을 충분히 이해합니다. 그들은 한창 자라나고 있는 캄보디아의 희망입니다. 평화의 길에 대해서도 적지 않은 이해를 가지고 있습니다.

캄보디아에서는 이렇게 말합니다.

"천 리 길도 한 걸음부터."

천천히 천천히, 한 걸음 또 한 걸음.

걸음 걸음이 그대로 명상입니다.

걸음 걸음이 그대로 기도입니다.

에필로그

인류 역사상 캄보디아만큼 전쟁의 상처가 깊은 나라도 드물 것이다. 비교적 최근까지도 그곳은 동족상잔, 강제노동, 사회개조, 대량파괴와 같은 온갖 비극의 소용돌이에 휘말려 있었다.

캄보디아는 태국, 라오스, 베트남과 남중국 해 사이에 위치한 동남아 반도의 한 쪽 끝에 위치하고 있다. 그 역사는 거의 2천여 년을 거슬러 오른다. 가장 찬란했던 시기는 9세기에서 13세기에 걸친 앙코르 문명기이다. 당시 캄보디아[원래는 크메르]인들은 인도차이나 반도에 거대한 제국을 수립하고 문화 및 종교적으로 눈부신 업적을 이룩했다. 그 외의 캄보디아 역사는 이웃 나라들에 의한 침략과 그에 맞선 끈질긴 투쟁으로 점철되어 있다.

19세기 중반, 캄보디아는 다시 프랑스령 인도차이나의 일부로서 프랑스의 식민 지배 하에 들어갔다. 당시 프랑스 정부는 안정적인 식민지 통치를 위해 크메르 왕실의 지위를 그대로 보장해 주었다. 이후 거의 한 세기 만인 1953년, 캄보디아 국왕 노르돔 시아누크는 프랑스와의 평화적인 독립 협상에 들어갔다. 얼마 후, 캄보디아의 주권에 관한 양국 간의 협약에 따라 시아누크는 왕위를 버리고 국민선거의 입후보자로 등록했다.

캄보디아 국민들은 왕실에 대한 압도적인 지지로 시아누크를 국가수반으로 선출하고 그에게 왕자라는 칭호를 되돌려 주었다. 뒤이은 20여 년 동안 캄보디아인들은 독립의 기쁨과 함께 오랜만에 찾아온 평화와 번영의 단 꿈을 마음껏 구가하였다.

한편, 1960년대 중반에 들어서자 미국과 전쟁 중인 북 베트남 군대는 캄보디아 국경 너머 깊숙한 곳에 자신들의 군사적인 성역을 건설하기 시작했다. 시아누크는 곧 베트남에 대한 미국의 과도한 군사행동을 성토하면서 국경침입죄로 미국을 국제사회에 고발하기에 이르렀다. 그리고 미국과의 경제 · 군사적인 일체의 관계를 단절하였다.

1969년, 마침내 미국은 캄보디아 영내의 북 베트남 군 군사기지 및 보급로를 파괴한다는 명목으로 이에 대한 무차별 폭격을 시작하였다. 캄보디아 농촌의 주거 및 경작 시설은 이로 인해 엄청난 피해를 입었다. 경제 및 군사를 비롯한 사회 각 분야에서는 즉각 시아누크에 대해 비난을 퍼부었다. 그리고 1970년, 그가 외국 순방길에 오른 틈을 타 무혈 쿠데타가 일어나면서 수십 세기 동안 이어져 온 캄보디아의 왕정은 역사의 막을 내렸다. 쿠데타 지도자들은 곧 론 놀 장군을 국가 수반으로 옹립하였다. 그가 남다른 친미 성향의 인물이라는 것은 새삼 말할 필요도 없을 것이다.

새 정부는 즉각 미국과의 관계 회복에 들어갔다. 미국은 점차 폭격의 횟수와 강도를 더해갔다. 1970년 5월, 급기야 미국을 등에 업은 일단의 군대가 캄보디아로 잠입하였다. 그들은 베트남 공산주의자를 색출한다는 구실로 시장과 촌락 그리고 경작지를 파괴하고 무고한 시민들을 살상하였다.

왕정의 종언과 더불어 계속된 미국의 폭격은 도시와 농촌 주민 사이의 정치적인 균열을 가속화하였다. 왕실에 대해 지극한 애정을 가지고 있던 농민들은 곧 론 놀의 정책이 극히

기만적이며 오류투성이라는 사실을 깨달았다. 그리고 그들에 대한 참정권 박탈은 캄보디아를 영원히 바꾸어 놓을 혁명의 기폭제로 작용하였다.

캄보디아에 자생적인 공산주의 운동이 싹트기 시작한 것은 1930년대 초기부터였다. 그 지도자들은 도시의 젊은 지식인으로서 대부분 베트남 공산주의자들과 함께 파리에서 유학한 경험을 가지고 있었다. 그들은 당시 농촌 주민 사이에 국가에 대한 불만이 점차 고조되는 현상이야말로 자신들의 강경 마르크스주의를 실천에 옮길 절호의 기회라고 판단하였다. 농촌 청년들을 포함한 다수의 농민들 사이에 공산당에 대한 인기가 드높아가자 시아누크는 곧 이들과 의기투합하여 수장으로 추대되었다.

갑작스러운 대중의 신뢰와 함께 크메르 루즈[캄보디아 공산당 당명]는 중국 공산당으로부터 어렵지 않게 무기지원까지 받을 수 있었다. 솔라트 사르라는 젊은 학자가 지도자로 부상하였다. 대중들은 그가 누구인지 정확하게 알 수 없었다. 이후, 그는 필명인 폴 포트로서 캄보디아인들의 뇌리에 깊이 각인되기에 이른다.

미국에 의한 폭격이 강화되어감에 따라 북 베트남 군은 점

차 캄보디아 영내로 깊숙이 숨어들었다. 그들은 크메르 루즈,
군과 연대하여 론 놀의 친미 군대를 공격하였다. 농촌 지역은
황폐화되어 갔고 배고픔이라고는 전혀 모르던 농민들은 한
줌 쌀을 얻기 위해 들쥐처럼 이곳저곳을 헤매지 않으면 안 되

었다. 보다 안전한 곳을 찾아 프놈펜이나 바탐방 등의 도시로 떠난 사람도 수천 명에 달했다.

1973년 9월, 미국에 의한 캄보디아 영토(領土) 내의 군사활동은 모두 막을 내렸다. 하지만 캄보디아인들 사이의 내전은 계속되었다. 많은 도시와 촌락들이 크메르 루즈 군에 의해 접수되었다. 그들은 가는 곳마다 그럴듯한 도시계획과 불교에 대한 찬양, 그리고 론 놀에 대한 폄하를 통해 주민들로부터 환심을 샀다.

1975년 봄, 캄보디아의 모든 도시는 아수라장이었다. 무차별적인 주민 유입으로 모든 도시가 이미 적정 인구수의 3배 이상을 초과한 상태였다. 인플레이션은 날마다 기록을 갱신했다. 가족은 뿔뿔이 흩어지고 부모형제를 잃은 아이들이 거리에 즐비했다. 그들은 음식과 의약과 잠자리를 찾아 무턱대고 이곳저곳을 어슬렁거렸다.

1967년부터 1975년까지 대략 1백만 명에 달하는 사람들이 살해되거나 부상을 입었으며 2백만 명 정도가 집을 잃고 거리로 나앉았다.

일찍이 '인도차이나의 쌀 곳간'으로 불리던 풍요의 땅이 어느 덧 대(大)기근의 한 가운데로 내몰리게 된 것이다.

크메르 루즈 군이 프놈펜에 진주한 것은 1975년 4월 17일 아침이었다. 북 베트남 군의 사이공 함락으로 기나긴 베트남 전쟁이 종료되기 2주일 전의 일이었다. 청오 무렵, 론 놀 정권은 크메르 루즈 군에게 완전히 무릎을 꿇었다. 거리마다 환호성이 넘치는 가운데 시민들 대부분은 마침내 고대하던 평화가 도래했다고 감격에 겨워했다.

하지만 이튿날 새벽, 크메르 루즈 당국은 돌연 새로운 시대의 출범을 알리는 '원년(元年)'을 선포하면서 사회개조를 위한 강력한 프로그램의 시행에 들어갔다. 노소와 빈부를 막론한 도시의 모든 주거자들은 즉시 농촌을 향한 행진 대열에 합류해야만 했다. 그들은 이제 생판 낯선 곳에서 농사일을 하며 목숨을 이어가지 않으면 안 되었다.

'아무 것도 지니지 말라'고 병사들이 소리쳤다. 그리고 덧붙였다. '앙카[크메르 루즈 당국]가 모든 것을 제공해줄 것이다'. 반쯤 넋이 나간 사람들은 두려움에 떨면서 그 말에 복종하였다. 조리기구나 식품 또는 집안의 가보 등을 챙기려드는 사람들은 그 자리에서 사살되었다. 몸이 아파 걸을 수 없는 입원환자들은 곧바로 병원 창 밖으로 내던져졌다.

군중 사이에 긴장이 고조되자, 크메르 루즈 군은 서둘러 그들을 달랬다.

'3일 안에 당신들은 다시 돌아올 것이다. 이것은 임시 조치에 지나지 않는다'. 어린 아이에서부터 노인에 이르는 3백여만 명의 시민들이 농촌을 향해 길을 떠났다. 그리고 도중에 수 천 명의 사람들이 고열과 과로, 탈수, 이질, 스트레스 등으로 목숨을 잃었다.

'원년' 선포와 폴 포트의 강경 마르크스주의는 앙코르 문명 이후 또 다른 캄보디아 '전성기' 건설의 초석이었다.

앙카는 자주적이고 순수하며 계급이 없는 토지제도를 추구하였다. 많은 도시들이 폐쇄될 운명에 처했다. 대신, 방대한 규모의 정글과 휴경지를 새로 개간하지 않으면 안 되었다. 농산물의 양을 증대시키기 위한 관개시설도 대규모로 계획되었다. 새로운 평등주의적 유토피아는 서구 및 근대화의 흔적을 말끔히 지워 버리고자 하였다.

이상의 목표를 실현하기 위해 크메르 루즈는 국가를 두터운 베일로 덮어씌웠다. 국경으로 통하는 모든 도로는 굳게 닫혔고 일체의 통신도 깊은 침묵 속으로 가라앉았다.

크메르 루즈 당국은 시아누크의 모든 권력을 박탈하고 자택에 연금하였다. 전 국토는 여덟 구역으로 분할되었고 중앙에서 파견된 여덟 명의 관리에 의해 감독되었다. 각 구역은 국가 지도이념의 해석이나 그 적용 면에서 서로 차이가 있었다. 도시에서 쫓겨온 새로운 거주자들은 그곳에서 각자의 작업량을 할당받았다. 그들의 복색은 남녀노소 구분 없이 캄보디아 농촌의 전통 복장인 검정색 통바지와 짧게 깎은 머리로 통일되었다.

주거 시설 역시 앙카에 의해 임의로 배정되었다. 내전이 진행되는 동안 크메르 루즈 군은 농가를 거의 모두 파괴하였다. 이에 따라 앙카는 각 지역에서 쉽게 구할 수 있는 재료로 많은 가옥을 급조하지 않으면 안 되었다. 그 대부분은 지붕만 있고 벽이 없는 형태였다. 그 안에서 생활하는 사람들의 일거수일투족은 주야를 막론하고 크메르 루즈 감시병들에게 그대로 노출될 수밖에 없었다.

여유롭고 따스하던 농사일은 곧 한 치의 빈틈도 허락하지 않는 비인간적인 것으로 변모되었다. 우선 캄보디아인이라면 누구를 막론하고 농사일에 나서지 않으면 안 되었다. 연령의 고하와 건강의 정도, 그리고 경험의 유무와 숙련도 따위는 일체 고려되지 않았다.

군인들의 삼엄한 감시 속에서 그들은 묵묵히 소를 몰아 논

밭을 갈고 풀을 베었으며 소달구지를 끌고 가축을 돌보기도 하였다. 심지어는 어깨에 쟁기를 직접 메고 논밭을 가는 일에 나서기도 하였다. 이러한 일이 하루 열여덟 시간씩 일주일 내내 반복되었다. 세 살 박이 어린아이와 늙고 병든 노인조차도 한창때인 장정들과 함께 일하지 않으면 안 되었다.

'일하지 않으면 먹지도 말라'는 구호에서 저들은 한 발짝도 물러서지 않았다. 하지만 한 물 간 농사법은 곧 소출증대에 별다른 도움이 안 된다는 것이 판명되었고 식량배급제는 더욱 엄격하게 실시되었다. 병들어 일할 수 없는 사람들에게도 예외는 없었다. 식량 수급에 위기가 닥치자, 사람들은 은밀히 나무껍질과 풀뿌리 그리고 쥐와 벌레를 비롯한 온갖 종류의 먹을거리를 찾아 주변을 샅샅이 훑기 시작했다. 그들은 이미 개인적인 식량 확보가 거주구역에 따라 무거운 범죄로 처벌받기도 한다는 것쯤은 안중에도 없었다.

크메르 루즈는 서둘러 식량증산을 위한 관개시설 건설에 착수하였다. 그들은 앙코르 문명의 전설적인 치수사업에 자신들의 업적을 빗대는 만용을 부리기도 하였다. 하지만 낙후된 기술 수준 및 전문인력의 부족으로 그 사업은 결국 실패로 끝나고 말았다. 식수는 광범위하게 오염되었고 농업용수마저 눈에 띄게 고갈되어 갔다. 진작부터 감소한 농산물 소출은 가뭄으로 인해 더욱 절망적인 상황에 처했다.

영양실조와 과로는 필연적이었으며 그것은 다시 더 심각한 대가를 요구했다. 아사와 이질, 콜레라, 말라리아, 각종 스트레스성 질병이 주민들 사이에 만연했다. 비타민 결핍으로 시력을 잃는 사람들도 속출했다. 병원에서의 진료 및 치료는 거의 불가능했으며 대부분 민간요법에 의존하지 않으면 안 되었다.

'원년' 시행과 자신들의 통제를 더욱 강화하기 위해 크메르 루즈 당국은 전통문화의식을 고취하는 어떤 행위도 불법으로 간주하였다. 캄보디아인들은 일찍부터 고유문화를 숭상하는 뿌리 깊은 전통을 가지고 있었고 가족 사이의 유대의식도 남다른 데가 있었다. 하지만 대부분의 구역에서 가족 고유의 삶은 모두 붕괴되었다. 아이들은 강제로 부모와 떨어져 따로 수용되거나 혹은 작업장에서 일하지 않으면 안 되었다. 가족들 사이의 만남이 전혀 불가능한 경우도 비일비재하였다.

다행히 일부 구역에서는 가족생활이 보장되기도 하였다. 하지만 우선 순위에서 가족은 항상 공동체의 뒤에 위치했다.

장유유서의 전통도 역전되었다. 크메르 루즈 당국은 아이들을 '앙카의 온전한 그릇'이라고 부르면서 어른들 이상의 사회적 지위를 부여하였다. 이에 따라 아이들은 어른들에게 임의로 작업을 배당할 수도 있었다. 동시에 크메르 루즈 당국은 아이들에게 자신들의 정책에 반하는 어른들을 색출해 보고할 것을 부추기기도 하였다. 자녀들의 배우자를 선택할 권리도 부모에게서 빼앗아갔다. 남녀 간의 교제에서부터 결혼에 이르는 전과정을 크메르 루즈 당국자가 관리했으며 전통적인 결혼예식도 그들의 방식에 의해 대체되었다. 결혼식은 대개 작업현장에서 치렀다. 일의 흐름을 방해하지 않기 위해서였다. 앙카의 승인 없이 은밀히 교제하는 남녀는 처벌되었다. 심한 경우, 남녀 당사자를 발가벗겨 살해한 뒤 공공장소에 효시하기까지 하였다. 자신들의 권위에 도전하려는 사람들에게 경고를 보내려는 의도에서였다.

개개인의 사생활 및 감정까지도 엄격한 감독의 대상이었다. 누구든 무심코 늘어놓는 불평불만으로도 중벌에 처해질 수 있었다. 사랑하는 사람이 살해당하는 장면을 지켜보면서 아무런 반응도 보이지 말 것을 강요당하기도 하였다. 울거나 비명을 지르는 것은 앙카의 처분에 반기를 드는 행위로 간주

되었기 때문이다.

과거에 대한 회상 역시 금기사항의 하나였다. '원년' 선포와 더불어 새로운 시대가 출범한 이래, 국가 발전에 장애가 된다는 이유에서 어떤 감성적 행위도 곧바로 범죄로 처벌받았다.

부처니 왕이니 하는 말은 물론, 심지어는 '지난 날'이라는 단어를 입에 올리는 것만으로도 징계의 대상이 되었다. 흘러간 노래를 흥얼거리거나 옛 민담을 이야기하는 행위 역시 반국가적인 범죄에 속했다.

'앙카는 파인애플'이라고 사람들은 수군거렸다. 그 모양이 마치 '모든 방향에 눈이 달려 있는' 듯이 보이기 때문이었다.

사회 '정화'를 위해 그들이 내세운 철학의 핵심은 '때 묻은 것은 잘라내야 한다'는 한 마디 구호로 요약되었다. 앙카의 정치적 입장에 도전하거나 '순수한' 농민의 혈통에서 다소 벗어났다고 판단되는 사람들은 조직적으로 제거되었다. 이전 정권의 관료, 군작전요원, 승려, 소수민족, 그리고 고등교육을 받은 사람들이 주요 대상이었다. 재판 없이 처형하는 일도 다반사였다. 심지어는 피부가 부드럽다거나 선글라스를 끼고

있다는 것만으로도, 혹은 농민의 말투가 아니라는 것만으로도 처형당할 이유가 충분했다.

'자신을 지키는 것이 꼭 능사는 아니며, 자신을 버리는 것이 꼭 손해는 아니다' 라고 크메르 루즈는 선언하였다.

죽음에의 공포가 모든 캄보디아인들을 점점 압박해오고 있었다. 사람들은 저마다 목숨을 보전하기 위해 자신의 전력을 속이지 않으면 안 되었다. 과거의 주거형태, 생활 수준, 직업 등도 철저히 숨겨야만 했다. 특히 의사, 변호사, 교사 및 성공한 사업가 등은 대량학살의 위험에서 벗어나기 위해 서둘러 농사지식을 습득하였다. 그렇지 않은 경우, 어린아이를 포함한 일가족 모두 처참하게 살해되어 흙구덩이에 던져진 채 불태워지는 경우도 있었다.

앙카는 권력을 강화하기 위해 정기적으로 강제적인 사상 교육을 개최하기도 하였다. '학습회의' 가 그것이다. 그 시간은 늘 정권에 대한 찬양으로 일관되었다. 탕국의 시책을 위반한 사람들이 앞으로 끌려나와 비판 받거나 체형을 당하는 일도 있었다. 그 가운데 특히 죄질이 나쁘다고 판단되는 '반동분자' 들은 재교육 센터로 보내졌다. 그곳은 죽지 않을 정도의 배급과 중노동, 그리고 잔혹한 고문이 판치는 또 다른 지옥이었다.

프놈펜의 투올 슬렝에는 이들의 참상을 전해주는 수천 장의 사진 및 문헌들이 잘 보존되어 있다. 크메르 루즈 당국에 의한 교살, 수장, 도륙, 절단, 전기고문 등으로 죽은 사람들의 흔적이 그곳에는 아직도 생생히 남아 있다.

가난하고 못 배웠거나 제대로 된 기술 하나 없는 사람들만이 모진 세월을 살아남을 수 있었다. 하루하루 기아에 허덕이면서 목숨을 부지하기 위해 안간힘을 쓰던 그들로서는 감히 크메르 루즈에 대한 저항 따위는 생각조차 할 수 없었다.

당시 마을에서 조금만 밖으로 나가면 학살당한 사람들의 집단매장지와 아무렇게나 버려진 시체들이 여기저기 다 뒹굴고 있었다. 캄보디아인들은 벌써부터 자신들의 조국을 이렇게 불렀다. 킬링필드라고…….

1978년에 들어서면서 크메르 루즈 지도자들 사이에 작은 동요가 일기 시작했다. 이제까지의 혁명은 실패했다는 인식이 그것이었다. 이러한 움직임을 감지한 앙카 수뇌부는 감시와 사찰의 총부리를 곧 자신들의 내부로 돌렸다. 수천 명에 달하는 조직원들이 투올 슬렝에 투옥되었다. 그 가운데 일부는 베트남으로 안전하게 탈출하기도 하였다.

아울러, 크메르 루즈 당국은 베트남에 의한 침공이라는 외적인 위험에도 대처하지 않으면 안 되었다. 앞서 프놈펜을 접수한 크메르 루즈 당국은 베트남과의 모든 군사관계를 서둘러 파기하였다. 그와 동시에 베트남 국경지대에서 일련의 전투를 개시하였다.

1978년 후반, 그 동안 있었던 양국간의 산발적인 충돌은 본격적인 게릴라전으로 발전하였다. 그리고 캄보디아 전역으로 전장이 확대되기에 이르렀다.

크메르 루즈 당국은 즉시 수천 명의 캄보디아 청년들을 징집하였다. 그 가운데에는 겨우 10살 정도에 불과한 어린아이들도 다수 포함되어 있었다. 베트남군의 공세가 치열해지자, 크메르 루즈 군은 태국과 인접한 산악지대로 퇴각하지 않을 수 없었다. 그들은 물론 도중에 농장과 마을을 모두 소각하는 것을 잊지 않았다.

1978년 크리스마스 날, 베트남군은 일단의 크메르 루즈 군 협조자들의 도움을 받아 프놈펜에 입성하였다. 그리고 1979년 1월 7일, 마침내 그들은 캄보디아 전역을 성공적으로 장악하였다.

베트남군 점령 이후, 그 동안 감추어져 왔던 크메르 루즈 치하의 온갖 참상이 만천하에 드러나기 시작했다. 고문, 즉 결처분, 과로, 질병, 굶주림 등으로 죽은 캄보디아인은 무려 2~3백만 명에 달했다. 부상자나 불구자의 숫자는 이루 헤아릴 수 없을 정도였다. 남은 여생 내내 대학살의 후유증으로 인한 정신·신체적 상처에 시달리며 살아갈 사람들의 숫자도 대략 그 정도로 추산되었다. 가족들은 행방이 묘연했고 끝내 서로 만날 수 없는 경우도 상당수에 달했다. 홀로 남은 고아들은 음식과 잠자리를 찾아 거리를 헤매고 다녔다. 집과 마을은 불타 없어지고 온 산천은 시체 썩는 냄새로 가득했다.

눈길 닿는 데마다 온통 폐허였다. 병원, 은행, 공장, 관청 등은 한 무더기의 벽돌더미로 변해 있었다. 도로 위나 교량

위에는 여기저기 버려진 자동차들이 길을 막고 있었다. 화폐는 더 이상 유통되지 않았고 상거래도 일체 중단되었다. 교육 및 문화 활동 역시 언제 다시 시작될지 가늠조차 할 수 없었다. 식품도 바닥나고 전기도 끊어진 지 오래였다. 오염으로 인해 식수조차도 제대로 구할 수가 없었다. 사방이 온통 절망뿐이었다. 그럼에도 불구하고, 대학살에서 살아남은 사람들은 그 자신과 조국의 미래를 다시 일으켜 세워줄 힘을 기어코 찾아내지 않으면 안 되었다.

먼 북쪽에서
천둥이 운다
솟아오르는 불길에
강물과 보리수와
정글이 불탄다

캄보디아인들 사이에 '부처의 예언'으로 알려져 있는 시 가운데 일부이다. 얇은 야자수잎에 씌어져 수 세기 너머 지금까지 전해오고 있다고 한다. 그 내용을 음미해볼 때, 크메르 루즈 치하 캄보디아 불교의 쇠퇴를 그대로 예견하고 있는 것으로 보인다.

크메르 루즈의 '원년' 정책이 시행되면서 파괴되거나 폐쇄된 캄보디아 불교 사찰은 거의 3천 6백여 개에 달했다. 아울러 강제노동과 고문, 굶주림, 즉결처분 등의 탄압으로부터 살아남은 비구승 숫자는 전체 5만 명 가운데 3천 명에 지나지 않았다. 비구니들에 관한 정확한 통계는 아예 존재하지도 않는다. 단, 그들이 얼마나 모욕적이고 비인간적인 박해를 받았는지는 기록을 통해 생생히 알 수 있다. 수많은 경전 및 불교 문헌 역시 아무렇게나 버려지고 유린되었음은 물론이다.

암펄은 늘 부지런히
정글에서 먹이를 모은다
잠든 사이에도 우리의 믿음을 지켜주지
이윽고 해가 지면
뜨거운 불길 잡으러
그는 길을 떠난다

'부처의 예언'은 강력한 희망을 우리에게 제시하고 있기도

하다. 고사난다 스님은 이를 두고 캄보디아 승가의 무한한 잠
재력에 대한 찬양이라고 풀이한다. 부처의 깨달음이라는 측
면에서, 보리수란 곧 불교 그 자체를 의미한다. 암펄은, 역시
스님의 견해에 의하면 불교에 대한 캄보디아 국민들의 깊은
애정을 뜻한다.

기원전 6세기 경 인도에서 시작된 불교는 앙코르 문명 후
반에 들어 캄보디아에 도입되었다. 그리고 12세기 후반, 앙

코르의 왕 자야바르만 7세에 의해 국교로 선포된 이래 캄보디아의 민족종교로서 지금까지 번영을 누려왔다.

크메르 민족의 후예로서 캄보디아 국민 대다수가 명예롭게 여기는 말 한 마디가 있다.

'크메르 인이라는 것은 곧 불교도라는 말과 마찬가지이다'.

물론, 캄보디아에는 불교 외의 다른 종교들도 많다. 하지만 특히 지방의 경우, 정령숭배를 비롯한 각종 토속신앙이 불교에 흡수되어 명맥을 유지하고 있는 모습을 쉽게 목격할 수 있다.

후대로 내려오면서 불교는 캄보디아 사회의 핵심적인 위치에 서게 되었다. 개개인의 생활지침에서부터 도덕 및 윤리의 초석이고 가정생활의 인도자인 동시에 각종 문화행사 및 경축일의 원천이며 사회정책의 기준으로서 불교가 캄보디아 사회 곳곳에 미친 영향력은 실로 광범위하다.

캄보디아 승려와 신도들은 항상 상호적인 관계를 유지해 왔다. 귀의 대상으로서의 불교 승려들은 사유재산을 소유할 수 없다. 그들은 단지 그날그날 탁발을 통해 얻은 음식만으로 연명하고 신도들이 제공한 의복만으로 육신을 가리며 사찰운영을 위한 보시금만으로 살아가지 않으면 안 된다. 그 대가로 승려들은 신도들에게 도덕 기준으로서의 모범을 보여야 함은 물론, 수행과 교화 그리고 의례집전 등의 주요 의무를 성실히 이행해야 한다. 사회통합과 문화적 자존심, 그리고 자아완성의 상징으로서 불교 승려의 지위는 캄보디아 사회 구성원가운데 최고의 위치를 점하고 있다. 승려와 신도 사이의 명예로운 관계는 '공덕'이라는 개념과 밀접하게 연결되어 있다. 상호적인 역할을 충실히 수행함으로써 승려와 신도 모두 공덕을 얻을 수 있으며, 나아가 고통 없는 세계로의 환생과 깨달음이라는 목표를 성취할 수 있는 것이다.

하지만 크메르 루즈 치하에서 승려는 단지 사회적 기생충에 지나지 않았다. 대중이 생산한 재화에 공짜로 편승하여 살아가고 있다는 의미에서였다. '해방 이전'의 티벳 불교에 대한 중국 정부의 인식과 별 차이가 없는 견해였다. 앙카는 승려들에 대한 보시가 국부를 낭비하는 행위이며 국가경제를 위험에 빠뜨릴 수 있다고 확신했다.

실제로 크메르 루즈 당국은 출가수행제도의 폐지를 정당화하기 위해 '일하지 않으면 먹지도 말라'는 구호를 내세우는 등, 온갖 계략을 획책하였다.

처형의 위기를 모면한 승려들 역시 강제노동을 피할 수는 없었다. 그들에게는 좀더 굴욕적인 성격의 작업이 기다리고 있었다. 인분을 수거하는 일도 그 가운데 하나였다. 그 외에, 전통적으로 승려들에게 금기시되어온 일을 강요당하기도 하였다. 무기나 탄약을 운반하는 일 따위가 그것이다. 사찰은 모두 파괴되거나 혹은 치욕적인 용도로 이용되었다.

파괴당한 사찰에서 나온 벽돌과 쇠붙이 등은 도로와 교량 건설, 혹은 건물의 기초공사에 쓰였다. 다행히 파괴를 면한 사찰은 무기고나 곡식창고, 돼지우리, 식품저장고, 혹은 식량 증산을 위한 퇴비간으로 이용되었다. 특히 마을에서 멀리 떨어진 사찰은 사형이나 고문을 위한 장소로 이용되었다. 사찰 건물이 파괴되면서 그 안에 봉안되어 있던 불상 및 신상 역시 산산이 부서지거나 목이 잘렸으며 혹은 사격연습용 과녁 신세를 면하지 못했다. 수많은 불교경전들은 불태워지거나 물속에 던져졌으며 일부는 연초를 말아 피우는 데 사용되기도 하였다.

"크메르 루즈 당국은 불교를 말살할 수 있을 것으로 믿었다."고 고사난다 스님은 말한다.

"그들은 어떻게든 불교를 짓밟으려 했다…… 하지만 불교는 결코 죽을 수가 없다. 그것은 캄보디아인들의 생활과 언어, 그

리고 조상에 대한 사랑 가운데에 널리 스며 있다. 무엇보다도
불교는 캄보디아인들 가슴 깊은 곳에 살아 숨쉬고 있다!"

　마하 고사난다 스님은 1929년 메콩 델타 지역의 비옥한 평
야지대에서 태어났다. 그의 가족은 타케오 지방의 작은 촌락
에서 농사를 지으며 살아가고 있었다. 8살 때, 그는 인근 사
찰에서 심부름하는 일을 시작하였다. 그곳 승려들은 곧 소년
이 출가생활에 커다란 관심을 가지고 있다는 사실을 알고 간
혹 그에게 유익한 조언을 해주기도 하였다. 14살이 되자, 그
는 부모에게 자신의 출가를 허락해주기를 간청했다. 그리고
바람대로 이루어졌다.

　프놈펜의 불교 대학을 졸업한 후, 스님은 바탐방에 있는 또
다른 불교 대학에서 대학원 과정을 마쳤다. 그리고 다시 캄보
디아를 떠나 인도 비하르의 날란다 대학에서 박사과정을 이
수하였다. 그곳에서 그는 팔리어 시험에 통과한 뒤 채 30살
이 되기도 전에 위대하다는 뜻의 '마하' 칭호를 부여받았다.

　마하 고사난다라는 그 이름은 '위대하고 유쾌한 선언자'를
뜻한다.

　어느 날, 스님은 그 동안 학문적인 탐구에만 너무 치우치지

않았나 하는 반성에서 아시아 지역의 불교 대가들을 직접 만나보기 위해 만행 길에 올랐다. 그는 당대의 선지식들을 만나는 자리에서 자신에 대한 점검을 소홀히 하지 않았다. 그 가운데, 인도의 라지기리에서 만난 일본인 승려 후지 니치다쯔와의 만남은 특기할 만하다.

실제로, 고사난다 스님이 평화 및 비폭력운동에 관해 기술적인 훈련을 쌓을 수 있었던 것은 마하트마 간디의 가까운 동료였던 후지 선사에게 힘입은 바 크다. 그 외에, 스님은 캄보디아 불교 종정 솜덱 프라 승왕으로부터 직접 불법을 사사받기도 하였다. 승왕의 제자가 된다는 것은 소수의 승려에게만 허용되는, 실로 여간 명예로운 일이 아니었다. 동시에, 이는 아직 젊지만 그 수행에 상당한 진전이 있었다는 명확한 반증이기도 하였다.

이어지는 여행과 학업을 통해 스님이 해독할 수 있는 외국어는 하나둘 늘어만 갔다. 힌두어, 벵갈어, 독일어, 일본어, 프랑스어, 산스크리트어, 팔리어, 버마어, 베트남어, 태국어, 라오스어, 싱할라어, 그리고 몇몇 중국어 방언 등이 그것이다.

36살 되던 해, 스님은 캄보디아를 떠나 태국 남부의 깊은 밀림으로 들어갔다. 고명한 선승 아짠 드함마다로의 가르침을 받기 위해서였다.

오늘날, 고사난다 스님은 제자들에게 명상수행을 직접 지도한다. 그 수행법은 아주 독특한 데가 있다. 유연한 몸짓으로 왼팔을 위로 들어올렸다가 내리는 동작을 반복하면서 스님은 이렇게 말한다.

"선원에서 우리는 명상수행을 이렇게 배웠습니다. 하루 종일, 팔을 위로 올렸다 내렸다 하면서 거기에 마음을 집중시키지요. 들이쉬고 내쉬는 숨도 그에 맞추어야 함은 물론입니다. 날마다 우리는 그렇게 했고, 특별히 다른 것은 없었습니다."

계속되는 명상생활은 이 '타고난' 스님에게는 잘 맞는 옷처럼 아주 익숙하고 요긴한 일이었다.

미국이 캄보디아에 대한 폭격에 돌입한 것은 스님이 태국의 선원에 머무른 지 꼭 4년째 되던 해의 일이었다. 그리고 바로 그 다음 해, 전면적인 지상전이 시작되었다.

"그곳의 스님들은 내게 말했지요. 조국의 참상 따위는 일체 염두에 두지 말라고요. 수행에 지장이 있을까봐 염려해서였겠지요."

그리고 덧붙인다.

  "조국의 현실을 떠올리면서 하루도 눈물을 흘리지 않은 적
이 없었습니다."

  이후, 그는 태국의 선원에서 9년을 더 보냈다. 동족 간의
끊임없는 전투와 그 이후의 대학살로 캄보디아 전역에 피바

람이 몰아치고 있을 때였다. 수행이 무르익으면서 스님은 내면의 평화도 함께 자라나는 것을 스스로 감지할 수 있었다. 그리고 불운에 처한 조국과 민족을 위해 봉사할 수 있는 기회가 주어지기를 간절히 기원하고 또 기원하였다.

사께오로 통하는 흙먼지 길은 전쟁의 상흔이 역력한 피난민들의 대열로 온통 수라장이었다. 이글거리는 태양 아래, 남자와 여자 그리고 노인과 아이들 모두 물기라고는 찾아볼 수 없는 붉은 황톳길 위에서 하염없이 앞으로 나아가고 있었다. 부지깽이처럼 마른데다 깨지고 부러진 몸뚱이, 움푹 꺼진 눈두덩, 햇볕에 그을려 가랑잎처럼 시든 피부가 그 대부분의 몰골이었다. 피로에 지쳐 비틀거리거나 목마름으로 얼굴을 찡그리지 않는 사람은 하나도 없었다. 그렇게 그들은 아주 천천히 흐느적거리면서 계속 흘러가고 있었다.

때는 1978년이었다. 모두가 킬링필드에서 요행히 목숨을 건진 사람들이었다. 전쟁과 강제노동, 동족상잔, 종교탄압의 공포에서 이제 막 벗어난 참이었다. 그들 뒤로는 정든 도시와 마을, 알곡이 넘쳐나던 논밭, 염불소리 드높던 사찰이 깡그리 잿더미로 엎드려 있었다. 저 앞에 보이는 피난민 캠프야말로 생존에 대한 모든 희망이 아닐 수 없었다.

그로부터 50마일 밖의 구불구불 가파른 고갯길. 낡은 버스 한대가 덜컹거리며 산 아래로 비틀비틀 길을 내려오고 있었다. 머리를 약간 앞으로 숙인 채 좌석 위에 가부좌를 틀고 앉아 있는 마하 고사난다 스님 역시 승객 가운데 하나였다. 그의 황토빛 가사 한 자락이 차 바닥에 닿을 듯 말 듯 우아한 주름을 드리운 채 가볍게 출렁이고 있었다.

중년쯤 들어 보이는 깡마른 체구의 스님은 더할 수 없이 평온한 표정이었다. 코를 찌르는 땀냄새, 가슴 선득한 타이어 마찰음, 상하좌우로 흔들리는 차체의 요동에 미동도 하지 않았다. 스님의 목적지는 사께오 난민 캠프였다. 크메르 루즈 치하에서 살아남은 수천 명의 캄보디아 승려 가운데 한 사람으로서, 3일 동안 단신으로 최초의 피난민 대열을 따라 지금 막 사께오의 관문에 들어서고 있는 중이었다.

캠프는 그야말로 황량함 일색이었다. 길바닥마다 사람들은 아우성이고 하수구에는 오물이 넘쳐나며 식량과 식수는 절대 부족했다. 난민들은 대부분 낡아빠진 텐트 속에 구겨진 휴지처럼 처박혀들 있었다.

검문소를 통과한 마하 고사난다 스님은 캠프 중앙을 향해

천천히 발걸음을 옮겼다. 순간, 캠프 전체를 짓누르고 있던 무거운 공기가 흥분으로 술렁이기 시작했다. 주변으로 몰려든 난민들은 황토빛 가사에서 눈길을 떼지 못했다. 그것은 오랜 세월동안 금기시되어온 불교 신앙의 상징이었다. 난민들 대부분은 여전히 과거의 불안한 기억에 사로잡힌 채 적당한 거리를 두고 쭈뼛쭈뼛 서 있었다.

고사난다 스님은 어깨에 메고 있던 가방 안에 손을 넣어 팜플렛 한 묶음을 끄집어냈다. 압제자에 대한 자비와 용서를 강조한 불교 경전 『메따 수따』를 복사한 것이었다.

그는 자신의 팔어 닿는 대로 난민들의 손에 그것을 한 장씩 쥐어 주었다. 동시에, 스님은 상대에 대한 존경의 표시로 연신 머리를 숙이는 일도 잊지 않았다.

그 순간, 가슴을 옥죄이고 있던 고통과 위대한 사랑이 하나로 어우러졌다. 조상 대대로 불교와 더불어 살아온 지난 세월에 대한 기억이 난민들의 의식 속에 파도처럼 밀려들었다. 생존자들은 곧바로 땅바닥에 널브러져 통한의 눈물을 펑펑 쏟았다. 캠프 전체에 그들의 울음소리가 메아리쳤다. 훗날, 사람들은 당시 사람들 가슴 속 깊은 곳에 잠자고 있던 불타버린 보리수로서의 불법이 스님의 자비에 의해 다시 깨어났던 것임에 틀림없다고 이구동성으로 말하고는 한다.

그날 사께오를 처음 방문한 이래 마하 고사난다 스님은 캄보디아의 재건 및 영구적인 평화를 위해 쉼 없이 노력해 왔다. 부처님도 그러했듯, 스님의 어떤 움직임도 연민의 정으로 시작되어 연민의 정으로 끝나지 않는 것은 없다. 그의 믿음대로, 이야말로 '세상을 이기는' 가장 강력한 힘일지도 모를 일이다.

크메르 루즈가 물러가자, 베트남 정부는 즉각 헹 삼린을 수반으로 하는 괴뢰정부를 캄보디아에 수립하였다. 그가 크메르 루즈의 일원이었다는 것은 당시 잘 알려진 사실이었다. 한편, 괴멸이 아닌 일시적인 퇴각 상태에 있던 크메르 루즈 군은 북서부 산악 지대를 중심으로 조직에 대한 재정비에 착수하였다. 조만간 베트남의 캄보디아 지배에 대한 강력한 투쟁을 재개하기 위해서였다.

저항세력은 그 외에도 두 개가 더 있었다. 하나는 시아누크가, 다른 하나는 그의 전(前) 내각수반 손 산이 그 지도자였다. 캄보디아의 네 정파 역시 각각의 게릴라군을 창설하는 둥, 베트남 퇴각 이후를 대비해 치열한 투쟁을 벌였다.

1982년, 중국과 미국을 위시한 여타 국가들의 압력에 의해 3개의 캄보디아 저항군 세력은 공동으로 망명 정부를 구성하는 데에 동의했다. 미국은 곧 베트남의 지원을 받는 캄보디아의 현 정권에 대해 '무력에 의한 점령'임을 선언하였다. 그리고 크메르 루즈 참여 하의 망명정부에 유엔의 캄보디아 의석을 추천했다.

1989년 후반, 수 년 간에 걸친 미국의 압력에 굴복하여 캄보디아로부터 베트남 군대가 철수했다. 과거 크메르 루즈의 일원이었던 훈센을 정부수반으로 임명하는 조치가 그 뒤를 이었다. 1991년 10월, 파리에서 회동한 캄보디아의 네 정파 대표가 유엔 중재하의 캄보디아 평화안에 최종 서명하였다.

마침내 25년 이상을 끌어온 지루한 전쟁이 대단원의 막을 내리는 순간이었다.

합의에 의하면, 각 정파에 소속된 군대의 70퍼센트가 해체되면서 즉각 정전이 실시될 것이다. 외국의 군사지원도 중단될 것이다. 국경 지대의 난민 캠프에 수용되어 있는 50여만 명의 피난민은 즉각 고향으로 귀환할 것이다. 4개 정파의 대표가 모여 유엔의 감독을 받는 중립 정부를 구성할 것이다. 그리고 1993년 중반까지 유엔 감독 하에 총선을 실시할 것이다. 그 밖에도 합의안에서는 캄보디아의 독립과 주권, 그리고 정치적 중립에 관한 사항을 폭넓게 확인하고 있다.

마하 고사난다 스님은 지난 10여년에 걸쳐 이러한 합의안 도출을 위한 여건을 조성하는 데에 중요한 역할을 해왔다.

그는 때로는 유능한 외교관이면서 고매한 정신적 지도자인 동시에 유서 깊은 문화의 수호자이기도 하였다. 그는 자신의 책무를 다하기 위해 국경지대의 난민 캠프를 비롯한 캄보디아 국내는 물론 세계 각지의 캄보디아 정착민 사회를 빠짐없이 여행하였다. 사께오 캠프를 시작으로, 스님은 심지어 크메르 루즈 관리 하에 있는 한 모든 난민 캠프마다 사찰을 새로 건립하였다. 아울러, 그는 각 캠프의 지도자들을 도와 정신과 교육, 그리고 문화 관련 프로그램을 운용하기도 하였다.

1980년, 스님은 기독교 사회운동가 피터 폰드와 의기투합하여 캄보디아의 평화실현을 위한 범(凡)종교인 기구를 창립하였다. 그들은 서로 힘을 합쳐, 전쟁의 참화에서 살아남은 수백 명의 비구 및 비구니를 새로 찾아내었다. 그리고 교단에 다시 복귀한 그들에게 세계 각국의 캄보디아 사찰을 이끌어 갈 막중한 임무를 부여하였다.

당시, 스님은 캄보디아 불교 신도들의 지원으로 미국 및 캐나다 양국에만 30여 개의 사찰을 새로 건립할 수 있었다. 캄보디아 국내의 경우도 스님의 활동에 힘입어 많은 사찰이 새로 건립되었다. 아울러, 스님은 비폭력 저항 및 인권 모니터

링에 관한 승려 대상의 교육운동에 직접 나서기도 하였다.

1980년, 마하 고사난다 스님은 크메르 망명정부를 대표하여 유네스코 자문위원에 취임해달라는 요청을 기꺼이 수락하였다. 유엔에서의 활동을 통해 스님은 범종교적인 의안을 다수 발의하는 한편, 세계 각국의 종교지도자들과 빈번한 교류를 나누었다. 아울러, 캄보디아 민족의 평화를 향한 갈구와 현재의 고난에 대한 주의를 환기시키는 데에도 크게 기여하였다.

스님은 또한 일단의 승려들을 이끌고 최고 수준의 캄보디아 평화회담 자리에 빠짐없이 참석해왔다.

그들은 언제나 중립적인 입장을 지키며 회담장의 과도한 열기에 반하여 평온과 이성을 유지하려고 노력하였다. 때로는 공정한 타협안을 제시하기도 하고 때로는 참석자들에게 본성을 잃지 말도록 간절히 호소하기도 하였다. 아울러, 모든 사람들에게 비폭력의 위대함을 일깨워주는 데에 앞장서기도 하였다.

1988년, 마하 고사난다 스님은 캄보디아 불교의 최고위직인 솜테자의 자리에 올랐다.

그것은 원래 캄보디아 비구승 전체의 투표에 의해 선출되는 아주 중요한 지위였다. 하지만 당시로서는 승가의 재건이 아직 미흡했던 까닭에 부득이 파리에 모인 일부 비구승과 재가신도만으로 투표를 시행할 수밖에 없었다. 스님은 그 결과를 기꺼이 수용하였다.

물론, 승가가 완전히 복구되면 자신은 일단 물러날 것이며 전체 비구승들의 투표를 통해 솜테자를 재선출할 것이라는 약속을 그는 잊지 않았다.

스님의 세계여행은 지금도 계속되고 있다. 전쟁의 상처를 안고 살아가야 하는 동포들에게 희망을 주기 위해서이다. 그리고 진정한 평화란 무엇인지 그 해답을 깨우쳐주기 위해서이다.

시간이 지나면서, 스님을 일컫는 칭호 역시 하나 둘 숫자를 더해가고 있다. '캄보디아의 간디', '캄보디아의 움직이는 국보', '살아 있는 불법' 등이 그것이다. 그는 매순간 세상 모두를 향해 자비를 베푸는 사람이다. 그는 손님에게 손수 차 대접하기를 즐기는 소탈한 교사이다. 그는 손 안에 들어온 거의 모든 것을 아낌없이 나누어주는 인심 좋은 비구승이다. 그는 어떤 욕망도 어떤 습벽도 없는 초연한 달관자이다. 그는 해맑은 얼굴과 함박웃음으로 사람들을 가르치는 온화한 보살이다.

이 책은 스님의 법문 및 저술을 정리하여 엮은 것이다. 여기에는 부처님의 심오한 가르침과 간디의 비폭력 주의에 비추어, 평화와 화해 그리고 지혜와 자비란 진정 무엇인지에 관한 스님의 통찰 및 사유가 담겨 있다. 또한, 삶을 통해 그것을 어떻게 실천으로 옮길 것인지 하는 문제에 대한 진지한 고민도 읽을 수 있다.

스님의 많은 제자와 친구들의 도움이 없었다면 이 책은 세상에 나오기 힘들었을 것이다.

함께 작업하는 동안 우리는 이 책을 제작하는 목적을 두 가지로 정리하였다.

하나는, 우리의 메마른 삶에 풍요를 가져다준 스님에 대해 감사를 표하기 위해서이다. 또 하나는, 스님의 지혜와 자비를 좀 더 많은 사람들과 함께 나누기 위해서이다.

이 책의 제작과 관련하여 누구에게보다도 먼저 감사의 말씀을 드려야 할 분은 프로비던스 소재 '제일 유니테리언-유니버샬리스트 교회'의 토머스 알번 목사님이다. 다방면에서 우리에게 현명한 조언과 도움을 아끼지 않은 분이다.

고인이 된 프랭크 리드는 편집 및 기술적인 조언과 끊임없는 영감을 제공해 주었다. 소폰 소 수녀님은 유용한 충고와 인내심, 그리고 따스한 보살핌을 베풀어 주었다. 데이빗 퍼가취 박사와 제시 에봇은 긴 시간을 할애해 책을 읽고 내용을 검토해 주었다.

그 외의 많은 사람들이 베풀어준 선물이 아니었다면 이 책의 완성은 불가능했을 것이다. 바람이 있다면, 스님의 가없는 사랑과 깊은 지혜가 부디 이 책을 읽는 독자들에게 온전히 전달될 수 있었으면 하는 것이다. 그리고 분량은 얼마 안되지만 읽고 또 읽어서 부디 간결하면서도 긴요한 그 말씀 속의 깊은 진리를 찾아낼 수 있었으면 하는 것이다.

로드 아일랜드의 프로비던스에서
제인 마호니 그리고 필립 에드먼즈

평화로운 영혼

초판 1쇄 펴낸 날 | 2007년 9월 19일

지은이 | 마하 고사난다
옮긴이 | 박용길
펴낸이 | 이금석

펴낸곳 | 도서출판 무한
등록일 | 1993년 4월 2일
등록번호 | 제3-468호

주소 | 서울 마포구 서교동 469-19
전화 | 02.322.6144
팩스 | 02.325.6143
홈페이지 | www.muhan-book.co.kr
e-mail | muhan7@muhan-book.co.kr

값 | 8,700원
ISBN | 978-89-5601-188-2 (03890)